U0856815

路勇 著

你的世界，需要自己关照

天津出版传媒集团
天津人民出版社

图书在版编目（CIP）数据

你的世界，需要自己关照 / 路勇著.--天津：
天津人民出版社, 2017.3
ISBN 978-7-201-11511-5

Ⅰ.①你… Ⅱ.①路… Ⅲ.①散文集—中国—当代
Ⅳ.①I267

中国版本图书馆CIP数据核字（2017）第039680号

你的世界，需要自己关照
NIDE SHIJIE XUYAO ZIJI GUANZHAO

出　　版　天津人民出版社
出 版 人　黄　沛
地　　址　天津市和平区西康路35号康岳大厦
邮政编码　300051
邮购电话　（022）23332469
网　　址　http://www.tjrmcbs.com
电子信箱　tjrmcbs@126.com

责任编辑　陈　烨
选题策划　李世正
特约编辑　5biao
内文设计　邱兴赛
封面插图　简茧_LI
封面设计　仙　境

制版印刷　北京市艺辉印刷有限公司
经　　销　新华书店
开　　本　880×1230毫米 1/32
印　　张　8.25
字　　数　85千字
版次印次　2017年3月第1版　2017年3月第1次印刷
定　　价　35.00元

前言

“最孤独的时候，不会有谁来陪伴你。最伤心的时候，也没有人来呵护你。只有你自己经历着一些必经的经历，只有靠自己才能回答一些生命中的难题。”羽泉的一首老歌穿越寂寥的午后，让我安静的思绪开始变得澎湃。

通往未来的路途，我们怀揣着巨大的信心和热情，总以为千山万水走遍便是最美的风景，总以为飞得最高最远就是当之无愧的赢家。勇敢走自己的路，努力追赶编织的梦想，就算山高水长，就算遥不可及，出发便是一种抵达，行动便是一种进取。没有克服不了的困难，没有创造不了的奇迹，就看是不是有一颗爱自己的心，有一双不知疲倦的前进的脚。

别人只关注你飞得有多高，只有自己知道累不累。一个爱自己的人，必须爱自己的心，给自己的心一把保护伞，才可以让心不会轻易地被伤害、被动摇，最终让心陪着自己穿越漫漫长路，抵达我们梦寐以求的地方。

好好关照自己，好好爱自己，会让我们收获一份心灵的宁静。不要被残酷的现实轻易地打败，要做最勇敢、最强大的自己。爱自己是一种自信和满足，爱自己是一种自立和自强。世界是真实而美好的，关照自己的人配得上更多的幸福。

你的人生需要自己把握，你的世界需要自己关照。你要相信，洒向自己的爱，都会变成照亮前路的光。

目录

第一章 Chapter 你要学会自己取暖

温暖自己，对自己好，并不是一种自私，而是一种自我呵护的做法。心是一切的根源，自己是一切的根本，只有让自己被温暖包围，才能更好地温暖别人，做一个最好的发光体。

第二章 Chapter 勇敢走自己的路

不要再犹犹豫豫，不要再彷徨失措，梦想就在正前方，未来就在不远处，想要实现就去追逐，想要抵达就要上路。有时候，人生就需要这样的简单直接，勇敢无畏地向前走，一点一点地靠近目标，最终拥抱美丽新世界。

第三章 Chapter 给你的心撑一把伞

人生风雨兼程，既然选择了远方那就潇洒出发。不管前路是平坦还是坎坷，请为自己的心撑一把伞。只有好好爱自己，只有保持心的安宁，才能让我们穿越漫漫人海，最终抵达想去的远方。

第四章 Chapter 人生有舍才有得

从长线来看，舍多少，得多少，这是人生最真实的“能量守恒”。因此，我们没有必要为一时的得失焦心。一个看淡了得失的人必然有更大的格局，一个不计较得失的人最有收获。

第五章 Chapter 营救不强大的自己

生活不嫌弃举步维艰的人，但生活看不起不思进取的人。人生路上，我们会跌倒，会遭遇失败，但我们不能白白跌倒，白白失败，我们要从跌倒中学会反思，从失败中找到开启成功之门的钥匙。

第六章 Chapter 快乐是一种能力

快乐是人生的超能力，快乐来自我们的内心，当内心开始变得强大，我们就可以少一些对生活的畏惧，多一些对人生的希望，快乐的到来也就水到渠成。爱自己，就让自己快乐，就算没有人施以援手，我们也可以迎风奔跑，奔向梦想的最远处。

第七章 Chapter 现实是梦想的出口

梦想最终都要走向生活，所有浪漫的、不真实的、幼稚的想法，都会被生活打磨得闪闪发光。

第八章 Chapter 爱是最大的正能量

说忙每个人都很忙，说闲每个人都很闲，愿意为另一个人付出时间，甚至付出整整一生的时间，那无疑是因为心底深深的爱。好好爱那个真心爱你的人，这也是对自己最好的关照。

第九章 Chapter 用感恩的心看世界

生活需要一颗感恩的心来创造，一颗感恩的心需要生活来滋养。笑对狂风暴雨，笑迎天边彩虹，让我们学会感恩，收获别样的人生。

第十章 Chapter

活出你的诗意人生

当时光掠过，我们终于走过了千山万水，也看尽了世间的悲欢离合、阴晴圆缺。回首往事，除了一路上的跌跌撞撞，流过的泪，吃过的苦，必定还有属于自己的精彩。活出属于你的精彩，是人生最恣意的张扬，也是最高调的幸福，最后汇进汹涌的时光长河，成为一生最珍贵的回忆。

你要
学会自己取暖

Chapter 第一章

温暖自己，对自己好，并不是一种自私，而是一种自我呵护的做法。心是一切的根源，自己是一切的根本，只有让自己被温暖包围，才能更好地温暖别人，做一个最好的发光体。

你的孤独，也是一种荣耀

谁不曾青春过？十七八岁的时候，一刻都不愿意安静下来，听音乐不是摇滚就是说唱。每天，我们都呼朋唤友，吃夜宵满地扔的都是啤酒瓶，唱K总要唱得声嘶力竭，唱到天空鱼肚白。“我的朋友遍天下”是当时最牛气的宣言，真想时光就停留在那一刻。

突然有一天，有个年长的同行遇到了我，他笑着说：“我知道你是那个很厉害的彩扩员，灿烂又美好的未来等着你。可是，每天和你在一起的人，真的算是你的良朋益友吗？”我不知道怎么回答他，老实说，我也不怎么想回答他。

这位同行跟我说：“曾经有一段时间，我跟你一样有很多朋友，大口吃肉大碗喝酒，快乐得仿佛全世界都是自己的。可是，后来我遇到了一点儿麻烦，还没等我找朋友们求援，他们就纷纷远离了我。翻看手机通讯录，我发现几乎没有可以继续聊天的朋友，没有几个人愿意再接我电话。当时，我感觉自己是那么那么孤独，一个人下班，一个人逛街，一个人玩游戏，甚至一个人吃火锅。”

同行接着说，“经过那段孤独的时光后，我发现自己的心灵变得强大了。孤独并不是一件多么可怕的事，没有人叫你喝酒你可以好好吃饭，没有人喊你唱 K 你可以翻几页书，没有人跟你一起吹牛你可以安静地想想未来。比起没完没了的嬉闹和没日没夜的玩耍，其实一个人待着也不是什么丢脸的事情。”

同行开心地说，“那段时间，我的彩扩技术提高得非常快，很快就成了店里的头号彩扩师。另外，我开始潜心练习书法，本来只是半碗水的水平，经过日复一日地苦练，我的字也写得越来越好。后来竟然有人告诉我，我可以出字帖或者办书法展，我并没有当真，不过心底却充满了喜悦。”

临走时，同行叮嘱我：“在我们的一生之中，会遇到各种各样的人，我们把他们称作朋友。其实，朋友是可遇不可求的，陪我们玩闹的不一定是知己，热闹之后还陪着你，才是最珍贵的朋友。有时候，孤独不是一种缺憾，而是一种荣耀。”

同行的一番话，让我开始思索自己的生活。

我开始减少和朋友见面的机会，最初他们总是不停地叫我出去，叫得我都快坚持不住了。然而，次数多了，我竟然发现，他们好像把我忘了，也不再一次次叫我。久了，我竟然不知不觉脱离了那个朋友圈。

当我越来越少外出，就窝在小小的出租屋里，里面有一台二手电脑，还有一书架的报刊和图书。我一个人在家，不是在电脑前写作，就是在安安静静地阅读。写作，阅读……阅读，写作……这是特别有意思的两件事，让我的闲暇时光变得充实起来。

也有人问我：“曾经天天呼朋唤友，突然变成宅男，你不感到孤独吗？”我毫不掩饰地说：“我孤独，我是真孤独，但是孤独也是一件了不起的事情——有勇气追求孤独、欣赏孤独，才能最终从孤独中获益。”

这几年，总有人向我打听给报刊写稿和成功出书的秘诀。我反思后才发现，其实最大的秘诀是选择孤独：只有孤独才能让我全身心投入，只有孤独才避免我左顾右盼，也只有孤独才能让我完成许许多多看似不可能完成的任务。

一般而言，一个爱自己的人常常希望自己快乐起来，而对快乐的理解总离不开合群。于是，关照自己，首先就是希望自己有朋友，有人陪，独处的时间少。殊不知，孤独是人生的盐和糖，或许最初有那么一点点咸，久了却化为快乐和成功的甜。

刘同说：“你的孤独，虽败犹荣。”而我要说，孤独的人不会真正失败，偶尔的不顺遂只是生命中的插曲。当我们走向了时光的深处，当我们穿越人生的艰难和挫折，总能遇见我们最爱的自己和更好的未来。

给苦咖啡加点儿糖

还记得我第一次喝咖啡的时候，是和喜欢的女生在咖啡馆约会，女生点了两份不加糖的咖啡。

一口入喉，我默默跟自己说：“天底下，竟然有这么苦的饮品。”看着女生风轻云淡地喝着，我也只能硬着头皮陪着，愣是将一杯咖啡喝光了。很快，女生说：“我去续杯，你还要不要？”我赶紧说：“够了，够了。”女生笑得花枝乱颤：“我喜欢喝不加糖的咖啡，但是你可以选择加糖。”我当时很窘。

“我怎么没想过给苦咖啡加糖呢？”其实，我当时在意的是咖啡加糖显得不酷，却忽略了自己真实的感受。我慢慢开始尝试在苦咖啡中加糖。咖啡的苦被糖分吸收后，咖啡的醇香也就激活了我的味蕾。于是，曾经对咖啡万般抵触的我，竟然动不动就往咖啡馆跑。

其实，人生何尝不是一杯苦咖啡？苦咖啡端到面前，是一饮而尽，还是给咖啡加点儿糖呢？

我的邻居是租户，他们是一对新婚的打工夫妇，租了我对面一室一厅的简装小房。据女租户说，她在附近的服装厂上班，工资不是很高还经常加班加点。而她的老公是建筑工人，虽拿着一天几百的酬劳，但是风吹日晒很辛苦，没活做的时候只能啃老本。有时候，房东来收租，他们总是愁眉苦脸、低声下气地求宽限几日。说起来，他们的日子还真苦，苦得像我曾经喝过的那杯苦咖啡。

我经常在菜场遇见女租户，她总是挑便宜的菜买，偶尔也会买一些品相不佳的水果。不过，我总能从这边闻到对面的菜香，甚至让我忍不住心生向往。有时候，男租户温柔地对女租户说："亲爱的，这苹果又甜又脆，你也吃两块。"可以想象，虽然只是折价买回来的水果，却成为他们最可口的饭后甜品。

有一次，我维修水管需要一些工具，找了楼上楼下的邻居，都没找到适用的工具。后来，我敲开打工夫妇的门，是男租户开的门。令我吃惊的是，出租房里格外洁净，墙上有刚贴不久的漂亮墙纸。这时，女租户从外边回来，手里捧着一束金银花。女租户见了我，笑着说："居家过日子，少不了花香的点缀。"虽然男租户是建筑工，但是屋里的家具却一尘不染，更没有乱扔的工具和脏衣服，只有摆放得整整齐齐的鞋子，还有熨烫得没有褶皱的衣服。

要说苦日子，真的是挡也挡不住的，它要来，我们只能"迎接"。但是，我们没有必要任自己浸在苦水中，苦日子也可以放点儿糖。就像我的邻居女租户，她的日子应该是挺苦的，租来的房子本来很难绽放幸福的花。可是，她却用心地经营自己的日子，愣是把苦日子过得甜蜜而美好。

前不久，我看到邻居一家在搬迁，女租户和她老公在搬东西。我问去向时，女租户笑着说："我们攒了点儿钱，在市郊买了套一室一厅的房子。房子小是小点儿，但是毕竟有了自己的一个窝。"我笑着说："你是懂得在苦日子里放糖的女人，你们一定会过得很幸福很幸福。"

日子是自己的，不管是甜日子，还是苦日子，都是扑面而来的人生际遇。如果一再地抱怨，苦日子不仅不会有所改变，反而会因为心态的缘故而越来越苦。在苦日子里放点儿糖，并不是要逃避什么，而是用积极的心态去迎接生活，最终让甜慢慢地覆盖所有的苦。

所以，当我们试着学会关照自己时，应该从给苦咖啡加糖开始。

想流泪时，抬头看看天

“如果想流泪时，你就抬头看看天，这样泪水就不容易流出来。”想不起这是哪部电影中的台词，但是就这么深深地印在我心底。

那一年，我在东莞的一家印刷厂工作，厂里员工大部分是贵州来的年轻人。由于他们来得早，个个不是机长便是组长，属于工人中间的小头目。工厂里也有小团体，贵州工友们抱成一团，对别的省份的工友很抵触。我并没有在工厂大干一场的抱负，随时都打算回武汉工作生活。可是，印刷厂的台方经理很赏识我，这让贵州工友有些眼红，于是变着法子找我麻烦。

一次，我连续上了 24 小时班，准备收工回宿舍好好睡上一觉。可是，组长贵州工友小何非要我继续开工，而且负责的还是一部我从未接触的布标机。纵使心底有几千几百个不乐意，我还是硬着头皮接着干。

一方面是我缺乏足够的睡眠时间，一方面是我真的不熟悉设备，一不小心，左手中指卷到了印刷的布标上，血喷涌而出，钻心地痛。几个湖北工友连忙送我上医院，小何和其他贵州工友只是冷冷地看着。

养伤的日子我格外想念家人，很希望回到熟悉的江城武汉。夜凉如水，工友们在加班加点，我独自在宿舍天台上发呆。想着孤独漂泊的日子，看着隐隐作痛的手指，一种湿漉漉的情绪开始在心底发酵。突然，我发现身边还有个女生，还是一个从没见过的女生！虽然我不信什么灵异事件，但是当时面对不速之客，还是相当吃惊。

“我是你工友阿莉的同乡，”女生柔声说，“抬头看天，不那么容易流泪哦。”

我真的照做了，抬起头，只见满天的繁星，还有一轮圆盘般的月亮。我想起了外婆说过的话：“天上一颗星，地上一个人。”原来，在苍穹之下，在星星点点的夜空下，我们是那么渺小，我们的忧伤和烦恼是那么不值一提。

之后的日子，我不再难过和思乡，开始大量阅读书籍，还去报了一个外语培训班，日子过得比任何时候都充实。伤好后我离开了那家印刷厂，回到熟悉的武汉继续打拼。

人不管在哪里生活，处在顺境还是逆境，总会有想落泪的时刻。很多人因为不如意而落泪，落起泪来一发不可收拾，并不是境况让人绝望，只是任凭心沉浸在灰暗的情绪里罢了。

我认识一个刚毕业的大学生赟，她毕业于一所普普通通的院校。她的求职过程堪称坎坷——好几份工作都没挨过试用期。可是，每回被用人单位告知另谋高就后，赟总是乐呵呵地开始新的求职旅程。

有一次，我忍不住问赟："难道你就没有想落泪的时候？"赟诚恳地说："谁都有想哭的时候，但是我想哭的时候，都会逼自己看看天，或者去城郊爬爬山，或者去长江边发发呆。"

是的，有时候世界很小，小得只有我们心底的一片天；有时候世界很大，大得广袤如田、巍峨如山、浩瀚如海。只要我们转换视野，就转换了心境，最后便转换了格局。

天黑时，给自己点一盏灯

子涵是校文学社的社长，他不仅负责校刊的组稿、编辑和印制，还要时刻关心和帮助社员的写作。看着一期期的刊物出版，看着社员们创作成绩优异，子涵格外骄傲和开心。

社员们都很尊敬子涵，有什么困难也都会找他，甚至有些和文学无关的事情，也总是找他出谋划策。子涵的空闲时间并不多，除了忙文学社的事情，还要顾着自己的学习。可是，为了服务大家，子涵宁愿牺牲自己的学习时间，比如好几次为了社员的事情，竟然旷了课！

有一次，一位刚获得鲁迅文学奖的作家进行高校文学巡讲活动，来到了子涵所在的学校。子涵早早地为活动做着各项准备。

作家终于来了，子涵比谁都要开心和兴奋。

讲座开始前，一个学妹来了电话："子涵，我的胃好痛，麻烦你带我上医院看看。"

等子涵带学妹上医院看过医生回到学校，讲座早就结束了，作家也去了别的学校。后来，子涵得知，学妹不找她的男朋友带她去医院，是因为不想耽误男朋友听作家的讲座。

现实生活中，有很多跟子涵一样的人，他们总是那么热心，那么侠骨柔肠，总能照亮别人的路，甚至不惜让自己陷入黑暗。可是，天黑时，为别人照亮了路途，也该为自己点一盏灯。

有一段时间，报社派我在某个村子蹲守。那是一个几乎废弃的村子，只有两三个年迈的老人住在里面。我要追踪的人一直没出现，我要的新闻线索没有半点儿眉目，但是为了报道那个独家新闻，报社要求我坚守到最后。没有笔记本电脑，没有有线电视，手机信号很弱，无聊时，我只能翻随身带来的几本书。

我最怕天黑，因为村子经常停电。晚上一停电，寂寞就像潮水一般淹没我。

后来，我在借住的房子里找到一台老式收音机，想不到能收到好几个台的节目。我最喜欢的是点歌节目，那些老的新的流行歌曲，慢慢地梳理着安静的时间，也梳理着我寂寞的心情。

“要不要给自己点首歌？”有了这种想法，我突然激动起来，“凭什么只能给别人点歌？我就要给自己点一首歌。”于是，我拨通了电话，为自己点了一首《城里的月光》。许美静的歌声很快就安抚了我。

那段日子，我关注所有的点歌节目，一有空就给自己点首歌，很多很多的好歌温暖了我的心。

我们常常为自己在意的人点歌，会为他们送上很多很多的祝福。可是，我们却很少想到为自己点歌，一方面觉得祝福自己有点儿矫情，另一方面忘了其实自己也需要关爱。其实，当我们变得不快乐，需要给自己一些关爱和鼓励，好让我们重获信心和力量。

每个人都有自己的梦想，可是通往梦想的路却很长。我认识的一个歌手，默默奋斗了七八年，长年在北京各大酒吧驻唱，日子也还过得去，但是离成名却很远，没有一首属于自己的歌。他也参加了不少选秀比赛，有几次连海选都没过，有几次过了海选也无声无息。

一次，他在街上遇到某位评委老师。评委老师认出了他，对他说："你的歌唱得不错，但是你就像陷入迷宫的人，需要厘清自己人生的方向，给自己倾注勇往直前的力量。这个世界，能给你希望，能让你越来越好的，只有你自己。"

于是，他放弃了在酒吧驻唱，开始一边环游世界，一边向各国音乐家拜师学艺。如果说，他之前一直在黑暗的隧道穿行，现在无疑是突破了黑暗，走向了美好灿烂的光明。

很多时候，我们都在渴望光明，其实不过是在毫无头绪地摸索，倒不如给自己点一盏灯，给自己的人生一份新的希望。

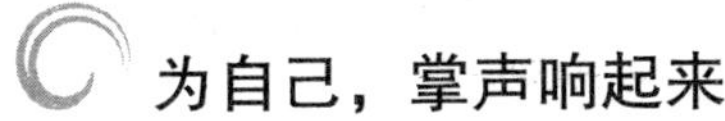

为自己，掌声响起来

我在彩扩店工作的时候，原本店里只承接彩扩业务，我总能够把工作完成得很出色。后来店里扩大业务范围：先是增加了证件照拍摄和人物像拍摄，接着又增加了团体照业务。

团体照多是高校毕业生合影，有几十人的小班合影，有一两百人的大班合影，甚至有一两千人的学院合影。最初，老板不放心将团体照交给我和同事们负责，而是将业务外包给外边的照相馆。外包倒是省了事，不过却让照相馆分走了利润，这也是让老板耿耿于怀的。

后来，我和同事们开始摸索团体照的拍摄。其实，团体照的拍摄需要的不仅仅是拍摄技术，更多的还是需要较强的组织能力和自信心。每次照相馆拍摄一组团体照，我们也会跟着拍摄一组备用。照相馆安排座次、站位时，我们也跟着组织安排，慢慢也积累了一些经验。很快，我们发现团体照并不难拍，不需要找照相馆这个“外援”，我们也能顺利地完成拍摄任务。

结束和照相馆合作不久，店里接到一单1500人的会议团体照业务。老板拍了拍我的肩膀说:“小路,这一次,看你的了。”

会议团体照拍摄看上去没什么技术含量，但是一旦拍砸绝对没有补拍的机会，所以只能成功不许失败。坦白说，我接下这单拍摄业务，忐忑不安，手心直冒汗。

到了拍摄现场，我告诉自己：“这只是一项普通的拍摄工作，能漂漂亮亮完成。”

我按部就班做着准备工作，负责协助的同事也全力以赴帮台。虽然拍摄过程中有一丝丝慌乱，但还是有惊无险地完成任务了。等团体照的样片冲洗出来，效果出乎意料的好，我一颗悬着的心终于踏实了。还不等同事表态，我就自顾自地拍起了巴掌——我是发自内心的激动和骄傲，其他同事也跟着拍起巴掌，我顿时成了关注的焦点。

事后，要好的同事小康对我说："喂，路，你竟然毫不掩饰为自己鼓掌，是不是太高调了一些？"我淡淡地说："我还真没想那么多，就是由衷地想赞赏一下自己。"

人在职场，我们常常选择高调做事低调做人，这并没什么不妥，可是，偶尔也要给自己鼓鼓掌，打打气。

没过多久，老板索性将店里的团体照拍摄业务都交给我处理。很奇怪，要是换在以前，我肯定会犹犹豫豫，不敢轻易接下这烫手的山芋。可是，那一次，我竟然毫不犹豫地应承下来，还向老板保证不辱使命。

可见，比起别人的赞美，来自自己的激励更具有立竿见影的鼓劲效用。

慢慢地，我们店的团体照生意越来越好，而且由于利润高，几乎撑起收入的半壁江山。本市很多兄弟彩扩店的老板来取经，他们最想知道的是，我们彩扩员转型为摄影师的秘密。老板疲于回答，便将我推到了他们面前。我毫不隐瞒地说："对于彩扩员来说，转型必然是曲折而痛苦的，但是我们不要忽视自己点滴的进步。如果可以，我们要为自己鼓掌，哪怕进步并不是那么明显，哪怕成绩并不是那么骄人，也应适时给予正面的肯定。”

请记住：给自己掌声，给自己嘉奖，就是给心灵倾注能量，让自己更有干劲去奋斗圆梦。

你才是自己的加油站

我的朋友 T 是企业家，曾经白手起家开创事业，拥有了惊人财富。

俗话说得好，贫居闹市无人问，富在深山有远亲。T 成功后，那些平时亲近的不亲近的朋友都来找他，不是让他给介绍工作，就是伸手向他借钱。T 总是能帮就帮，还向我表示：“谁能没有一点儿难处？谁的油箱里都可能没有油，给别人加点儿油不是多大的事。”T 一语双关，我也会心一笑。

天有不测风云，生意场从来也不是一帆风顺，T 的企业遭遇了很大的动荡，多年积累的财富都化为乌有，还背上了好几百万元的债务。我见到 T 时，他不仅没有愁眉苦脸，还乐观地说：“你放心，我曾经给很多人加过油，他们不会对我袖手旁观。”

然而，T的判断并不那么准，他在好几个朋友面前吃了闭门羹，还有一些不是电话打不通，就是打通了对方也不接电话。

T跟我说：“其实我缺的并不是钱，而是一次重新起飞的机会。”我忍不住说：“你才是自己的加油站，因为你的人生你做主，你的苦与甜都是不可回避的际遇。与其花时间抱怨那些不懂回报的朋友，不如默默在心底给低谷的自己加油。”

接下来，T不再继续四处“化缘”，而是埋头做起了计划书。T不止一次跟我说：“我相信凭借自己的努力，一定会交出最好的计划书。”偶尔做累了，他会去咖啡馆小坐，或者去郊区农庄吸吸氧。我笑着说：“劳逸结合，看来你深谙加油之道。”

就是凭着自己做的计划书，T获得了大财团的风险投资，事业的航母再次潇洒出航。

有一次，T出席某个活动，我听到他在主席台上说：“我要感谢自己，感谢自己在举步维艰时，还坚持给自己加油。这个世界，大家都很忙，你不给自己加油，难道等别人加满你的油箱？”

后来，T 的公司有了一条新的规定：每人每月可以拥有一个“加油日”。“加油日”安排在工作日，薪水照付。T 对员工说：“你可以去钓鱼或爬山，也可以请自己吃顿大餐，只要你觉得可以给自己加油，那么就勇敢地去做吧。也许你觉得别人也可以给你加油，但是只有你才是自己的加油站。”

有一段时间，我接到一项创作任务，时间紧，难度大。虽然我天天都在写作，但是毕竟是自己熟悉的文学创作，而这项创作任务跟文采关系不大，需要的是资料翔实、立论严谨。有好几次，我都悄悄跟自己说：“写得太累，不如撂担子吧？”

后来，我躲在自己的书房里，翻看着一屋子的载有我文章的样报样刊，还有一叠各种征文比赛的获奖证书，以及前前后后出版的几本书。突然之间，不畏艰难的勇气从我心底油然而生。重新坐在电脑屏幕前的我，思如泉涌、打字如飞。

给自己加油，并不是勉强自己做不喜欢的事，而是激发潜能，创造奇迹。

射箭比赛以前是不建议观众赛中鼓掌的，后来为了观众的参与性，鼓掌开始被允许。但其实，能给运动员加油的，常常并不是来自观众的鼓励，因为比赛中运动员心无旁骛，几乎听不到此起彼伏的呐喊。

领先时，默默给自己喝彩；落后时，悄悄给自己加油。这就是射箭运动员保持信心和力量的方式，值得跋涉在人生路上的我们学习借鉴。

别忘了，温暖自己

有段时间，大家都喊我“暖男”，我知道，这是一个不错的称谓。在我眼里，“暖”是一个很积极美好的字眼，让别人感受一种温度是一件非常快乐的事情。而做暖男，让身边的人感受美好，也是一件何乐而不为的事。

那一年，我遇到了一个自己非常喜欢的女孩——她跟我梦中情人的样子完全一致。说实话，我对女孩真的不错，我能为她做的事我都做，吃苦受累也乐在其中。那时候，我的薪水并不是很多，但是我不吃早餐、不买书、不泡吧，省下钱给女孩买漂亮的时装和首饰。我和女孩去会朋友，朋友打趣我：“你女朋友穿得像公主，你穿得像个叫花子。”我对朋友的话付诸一笑，而女孩的眼里却闪过一丝不易察觉的疑虑。

女孩的妈妈生病了，我请了几天假去帮忙照顾。那时候刚好是初冬时节，我骑着电动车往返在医院和家的路上，承受一阵接一阵的寒意。跟女友的妈妈同病房的病友对我说："小伙子，你是阿姨家的儿子吧？"当我笑着说"我是阿姨女儿的男朋友"时，她们都忍不住竖起了大拇指。几天下来，我不仅累得精疲力竭，还患上了重感冒。女孩的妈妈病愈出院了，我却打了一个星期的点滴才缓过劲来。

没想到，我康复没多久，女孩却跟我提出分手。女孩说："每个暖男，都是中央空调，对身边的每个人都很好。作为暖男的伴侣，最初会感到温暖，久了，却发现那份温暖被分成好多份。"我连忙保证："我以后只暖你一个，除了你，我谁也不看，谁也不暖。"女孩笑着说："你的意思是，连自己都不暖？"我一时语塞，愣在当场。

女孩离开了我。

我从她那里学到的是，哪怕全世界都称赞你是暖男，你也不该忘记关照那个最该关照的人，那个人就是你自己。

这个世界，和我们如影随形的，只有那个简简单单的自己。

我开始对自己好一点儿，不轻易加班和熬夜，早餐吃好，午餐吃饱，晚餐吃精……日子过得比以前讲究了。每一件事都先问问自己愿不愿意，每一天过后都问自己快不快乐。

当我越来越关照自己，越来越重视自己，我发现不仅自己的身体更健康了，心情也跟着变得阳光起来。

更有意思的是，我再结交女朋友，重相貌，重人品，重性格，也更加关注女生对自己好不好，如果总是对别人好过自己的那种女生，我也会下意识地选择疏远。直到后来，我遇到了现在的老婆，她对自己的关怀深深地打动了我。我忍不住感叹，原来真的有人把自己当女王，而不是总是万事先考虑别人的感受。事实证明，老婆暖自己，也暖家人，暖朋友，这种暖不是装出来的暖，而是从内心深处散发出的暖。其实不难理解，一个懂得关照自己的人，也懂得去发现关照他人的途径。

温暖自己，对自己好，并不是一种自私，而是一种自我呵护的做法。心是一切的根源，自己是一切的根本，只有让自己被温暖包围，才能更好地温暖别人，做一个最好的发光体。

勇敢
走自己的路

Chapter 第二章

不要再犹犹豫豫，不要再彷徨失措，梦想就在正前方，未来就在不远处，想要实现就去追逐，想要抵达就要上路。有时候，人生就需要这样的简单直接，勇敢无畏地向前走，一点一点地靠近目标，最终拥抱美丽新世界。

自信是最耀眼的光芒

小丁是“95后”，是我的小伙伴，一个地地道道的演讲控。说他是演讲控，可他不是讲台上发言的那个人（他还没有那么多可以跟人分享的人生经验）。小丁是一个非常热衷听演讲的人，学校和省图书馆的许多人文讲座，他从来不曾缺席过。小丁最喜欢听名人演讲。他听过作家刘亮程、王跃文、陈应松的演讲，听过马云、俞敏洪、雷军的演讲，明星乐嘉的演讲他更是听了不下五次。

我曾经问小丁：“听了那么多的演讲，你到底记住了什么？是马云的‘梦想还是要有的，万一实现了呢？’，还是雷军的“天下武功，唯快不破”，又或者是乐嘉的‘运气永远不可能持续一辈子，能持续一辈子只有你的能力’？”

小丁笑着说：“名人名言我当然是记住了，可是更感染我的却是他们身上的自信。成功人士身上散发的自信，就像一束耀眼的光芒，让我明显感受到他们的与众不同。”

我没有太多现场听演讲的机会，但是会关注一些演讲类的电视节目，比如央视的《开讲啦》等。以前，看这些节目，我总关注明星、名人在演讲中说了什么。现在，我更关注他们演讲时的那份自信。他们眉宇间闪现出的那份自信很迷人，像一道绚丽的光芒。当然，自信不是他们成功的唯一原因，但是必定支撑着他们抵御风雨、抵御挫折，最终拥有了辉煌而灿烂的人生。

我想起了前国脚郝海东恋爱的故事。

当时，郝海东已经是名震足坛的绿荫明星，偶然的机会认识了宾馆商务中心的服务员陈怡。陈怡的体贴、大方深深地打动了郝海东。郝海东像许多大男孩一样，给心仪的女孩送花、巧克力和礼物。当年，手机还是稀罕物，郝海东要和陈怡联系只能拨打对方家里的电话。陈怡家的电话一般都是她爸妈先接，她爸妈对电话里说要找陈怡接电话的男生都会问东问西，形同

“查户口”。自然，郝海东也总会被追问“你是谁？”或者“你哪个单位的？”。而郝海东总是在电话这边中气十足地回答:“我是郝海东，大连足球队的前锋郝海东。”最初，陈怡和郝海东交往，陈怡的爸妈并不是很同意，他们怕女儿跟了球星会吃苦。后来，还是陈怡的妈妈松了口：“别的男孩听到我们的问话会发怵。郝海东这孩子不错，就冲他自信地说‘我是郝海东’，我就知道这孩子会越来越有出息。”

用一份自信收获准丈母娘的认可，得以牵手自己心仪的女生，郝海东显然是幸运的。现实生活中，有很多男生跟郝海东一样，只是简简单单地想求一份好姻缘，遗憾的是求而不得。最常见的辩白是，准丈母娘要房、要车、要彩礼，而自己要啥没啥。当然这也是原因之一。然而，更重要的原因，当准丈母娘护女心切提出高要求时，大部分男生六神无主，甚至失去了表达和争取的勇气。在情感的世界，物质条件的确不可或缺，但是比起物质条件，更可贵的是情感，唯有情感才是维系姻缘的保证。要说很多男生输给了挑剔的准丈母娘，倒不如说是输给了自信不及格的自己。

比起经验、才华和技巧，表面上看，自信好像没有那么大的魔力，不可能让我们迅速获得认可，更无法让我们快速地获得成功。但是，自信却是不可或缺的素质，它会带我们勇敢地穿过漫天风雨，又会让我们在希望渺茫的时候坚持。就算在风平浪静的日子里，自信的人也更能吸引别人的注意：自信的人会让主考官注目，自信的人会让客户信任，自信的人也会让对手退却。特别是当综合实力与对手旗鼓相当时，我们胜出一筹的自信便会起到很大的作用，甚至会一锤定音。

我们无法忽视自信的力量，就像我们无法忽略生命里的点滴微光——何况自信的光芒是那么耀眼和绚丽。带着自信向前走，光芒会照亮前方黑暗的路径，会让孤独前行的日子温暖，会让我们遇见所有的美好和幸福。

向前走，就靠近了未来

多年前，有那么一段时间，我陷入无边的迷茫中。明天仿佛就在大雾深处，我开始怀疑自己能否可以抵达美好的未来。

机缘巧合之下，我认识城郊一间禅寺的释冉禅师，我们经常通过电话和电脑视频交流。好几次，释冉禅师从言谈中发现我情绪不高，非常关心我到底出了什么事。本来，我想把自己的心事藏起来，不想让太多人知道或者担心。后来，转念一想，释冉禅师平日开解那么多人，没准就把我的心结也彻底打开了。

一日，我没什么事，便独自乘车前往城郊的禅寺。禅寺里没有什么香客，老和尚与小沙弥清扫的清扫，诵经的诵经。听一位老和尚告诉我，释冉禅师在禅房，我就径直去找他。

释冉禅师正在和法号德能的小沙弥交谈。德能一脸茫然地问："师父，我们天天打扫、敲木鱼和诵经，就真能参透佛理禅宗？"

释冉禅师不紧不慢地说："你的师兄德欣、师弟德慧此刻都在诵经，而你却裹足不前、打退堂鼓，你说谁能最先参透呢？"接着，释冉禅师把目光转向我说："路，你找我到底有什么事？"我笑着说："我本来有一肚子的苦恼和疑问，就在刚才突然把一切想透了。我以为未来是遥远而模糊的，其实只要向前走，不停地向前走，不正是一点一点靠近未来了吗？"释冉禅师赞赏地点了点头。

我出过几本书，也认识许多天南地北的文友，他们大部分以文学新人居多。和所有爱创作的人一样，他们也希望能够出版自己的专著，同时又认为这是一个非常遥远的梦。有的人坚持了没多久，慢慢就没有继续等待的耐心，甚至希望通过自费出书的方式走捷径。当然，我并不是说自费出书有什么不好，如果经济上可以轻松承担，或者自己有不错的销售渠道，自费出书是不错的选择。但是，大部分人并没有自费出书的资金，也对自己掏钱出书心有不甘，最后也只能想想而已，彻底远离了自己的出书梦。

有时候，他们会小心翼翼地问我："路老师，我到底什么时候可以出一本书？"我总是认真地回答："其实，你们每周好好写两三篇文章，就是在为未来出书做准备。我相信不出两三年，你们也可以出版自己的作品。"这时，有人就说了："坚持写新文章，我可没有这么多的时间。难道就不能将旧作品结集出版吗？"我只好不留情面地说："你想想看，你的结集作品中，有散文，有诗歌，有小说，还有你某次演讲的底稿……谁愿意给你出版这样的书？哪个读者又愿意买这样的书？"

我可以断定，短期之内，这些文友大都出不了书，因为就算他们心底有再火热的梦，却不愿意为了梦想脚踏实地努力是不行的。就算是再才华横溢的作家，他们首先需要的还是勤奋，不然当出版的机会降临的时候，却交不出可以亮相的好文字，也只能和机会失之交臂。

我接触很多爱爬山的人，有的是四肢健全的登山爱好者，有的是有一定出行障碍的残疾人。其实，登顶成功的秘诀并不复杂，坚持攀登才能感受“一览众山小”的美妙。有一次，一个残疾人朋友在山顶跟我说：“成功就是一步一步走下去，最终走到了自己想去的地方。登山，无非就是向着最高处迈进，每一步都是小小的进步，每一小步都接近着山顶。”

成功没有捷径可走，撰写的每一个字都有可能成为书里的亮点，在山路上的每一次攀登都接近着高耸云天的山顶。未来有多远，或许在我们看不见的远方，但是我们跟远方只隔了坚定不移的步伐。与其总在犹疑自己的能力和未来的遥不可及，倒不如勇敢地向前走，大步大步向前走，穿越风，穿越雨，每一步都向前，每一步都靠近未来。

不要再犹犹豫豫，不要再彷徨失措，梦想就在正前方，未来就在不远处，想要实现就去追逐，想要抵达就要上路。有时候，人生就需要这样的简单直接，勇敢无畏地向前走，一点一点地靠近目标，最终拥抱美丽新世界。

别放大你的难度系数

看奥运会，外行看热闹，内行看门道，大部分的体育爱好者是外行，并不太懂其中的技术和细节。在直播中，我们常常听到某某动作难度系数几点几的解说，可是这难度系数怎么来的不得而知。不过，我们不难比较动作的难度差异，难度系数越大自然动作难度就越大。有些运动员畏惧高难度的挑战，便选择了稳妥的低难度系数；有些运动员却更加勇敢，毅然选择高难度系数的动作，并且完美地完成了这些高难度动作。成与败，得与失，有时候看个人的能力强弱，有时候较量的是胆量和智慧。

而在日常生活工作中，我们要达到的许多目标，要完成的许多工作，却没有办法标注难度系数。当然，在我们的心底，多多少少还是有个模糊的数据，难与不难同样会在心底掂量。比如一次环城马拉松，比校园里的10个绕圈跑难度系数要大；比如正规出版一本书，比在报刊或大的微信公众号发一篇文章难得多；比如一辈子经营一段感情，难度远远超过恋爱时的小坚持。关于人生，“大工程”和“小项目”自然是不可比，硬要比，那无疑是钻牛角尖。

我们还是先说“小项目”。

有一段时间，我总觉得自己身上的肉多，多到不仅影响个人形象，甚至导致健康也敲起了警钟。朋友建议我说：“哥们儿，我劝你还是瘦瘦身，比如减掉5千克的体重。”我当时就非常抗拒地回答：“减肥、戒酒和戒烟，这是男人最难做到的三件事。不是有人说，男人要是做到这三件事，还有什么事情做不到？”朋友笑着说：“哥们儿，你不用理会别人怎么说。你如果真的关爱自己，不妨把减肥5千克当作目标，也许难度系数真没那么大。”

坦白说，我其实对减肥并不抱希望：第一，听闻过太多减肥失败的故事，料想自己也不会例外；第二，当时正好在报社跑新闻，忙得脚不沾地，要挤出减肥的时间还真不容易。不过，抱着“不试试，怎么知道行不行”的想法，我还是去附近的健身房报了名。我根据健身房制定的瘦身计划，一次不落地进行大运动量的训练，也适当地控制了饮食的摄入量。没想到不到两个月时间，我就成功地减掉了6千克！

我知道，很多朋友都有减肥的计划，但是常常没有实施的决心。要说减肥难不难，估计很多朋友都会说“难”，甚至跟减肥成功前的我一样，认为甩掉身上的赘肉是天底下最难的事。然而，减肥这件事根本没有那么大的难度系数，我们不过是被自己臆想的困难吓倒了。如果肥胖的朋友不信，不妨先跟我一样努力减掉五六千克——从肥胖到微胖的路并不遥远。一件坚持就可以完成的事情，难度系数其实并不大，只是我们的裹足不前，无形中放大了难度系数。

通往成功的路确实不容易，但是当你直面纷至沓来的挑战，理性地面对挫折和失败，开发自己前所未有的潜力，你会发现，其实自己可以做到很多曾经想都不敢想的事情。

风雨中，这点痛算什么

逛街时，前面的小孩摔倒了，膝盖也擦出一小块伤痕。一边的年轻女士——应该是小孩的妈妈——并不上前去扶孩子起身。当我快步上前准备施以援手时，年轻女士摆摆手说：“先生，让我的孩子自己站起来。”这时，摔倒的小孩麻溜地站了起来，紧紧地咬住小小的嘴唇，硬是没让眼泪掉下来。小家伙扬着头说：“妈妈，我是不是世界上最勇敢的小孩？”

这让我想到了自己，小时候摔倒了就会哭，念书时学习太紧张会崩溃，长大孤单了就会惆怅，失恋了又会伤心很久很久。以前，老爸老妈会说：“男子汉要勇敢，勇敢的男子汉才有魅力。”后来，朋友会说：“你若不勇敢，谁替你坚强！”再后来，有些家伙不耐烦地说："没有谁欢迎懦夫，你一边凉快去。"一语惊醒梦中人，我开始正视自己的人生，从此不再当多愁善感的林黛玉，而誓做迎风奔跑的潇洒男子汉。

很多时候，我们伤心得无法呼吸，仿佛全世界最不幸的人就是自己，甚至觉得怎么心疼自己都不够。然而，当局者迷，旁观者清，我们遭遇到的那些难以承受的打击，在别人看来不过是人生征途上的小测验。的确，当时间慢慢地往前推进，我们回过头看，也会感叹曾经的自己小题大做。

歌手郑智化两岁的时候不幸患上小儿麻痹症，从此走上了一条艰辛的人生路。少年时代，郑智化热爱文学，创作了数量惊人的现代诗，然而得以发表的并不多。大学毕业后，土木工程专业的郑智化进入公司就职，但是实在不习惯上班打卡的生活，不得不炒了老板的鱿鱼。辗转进入广告公司，制作了名为《开心女孩》的广告歌，从此在广告界站稳了脚跟。后来，郑智化认识点将唱片公司老板阿桂，推出自己第一张唱片《老幺的故事》。再后来，郑智化推出了一张又一张唱片。他的歌曲关心小人物的小情感、大命运，受到了歌迷的热烈追捧。

对于其他歌手，现场演唱是一件幸福的事情，然而对于行动不便的郑智化来说，每一次演出都是体力的巨大消耗。特别是个唱专场，郑智化总是坚持拄杖站立两三个小时。当个唱主办方或经纪人安排椅子给他时，他总是说：“站着唱歌给歌迷听，这是我对歌迷最大的诚意。”好多次，个唱结束，郑智化累得满头大汗，而且腋下也因为拐杖的摩擦刮出了伤痕。有一次，郑智化蹭破腋下的皮肤血洒后台，他也只是笑着说：“我没事，谢谢大家帮我做了这么好的演出。”

郑智化曾经深深地喜欢过一个女孩，女孩也曾经和他一起看流星雨，一起畅想过举案齐眉的美好未来。可是，当郑智化向女孩的父母提亲时，女孩的父母却嫌郑智化是个穷小子，就算会写歌、唱歌，也不会有前途，还对他的身体缺陷出言讥讽。后来，女孩一直牵着郑智化的手也放开了，甜蜜的爱恋就此画上了休止符。

对此，郑智化选择的是化悲痛为力量，更加努力地写歌和表演，最终成为名扬华人世界的歌坛巨星，并且迎娶了设计师张钰雅。

就像郑智化在歌曲《水手》中唱的那样：“……风雨中这点痛算什么，擦干泪不要怕，至少我们还有梦。”很多人之所以无法走出人生路上的阴霾，无法挺进灿烂辉煌的新世界，就是因为太过纠结于过去的伤痛。可是，就算喊痛，痛依旧不会消失；就算流泪，心碎的感觉仍然在。

请记住：我们不会永远都是脆弱的孩子，人生遭际有苦有甜，唯有直面应对，一往无前，才能风雨之后见彩虹。

总有一些人不喜欢你

黑龙江作家陶柏军写过一篇文章——《记得有人不喜欢你》，大意是：

一位歌星回到家乡，乘坐出租车忘了带零钱，打算用两张新出的唱片抵车资。家乡的的哥虽然知道歌星的大名，但是以不喜欢听他的歌为由拒绝了。后来，“记得有人不喜欢你”成为歌星的人生信条，时时提醒他戒骄戒躁，终于助其成为蜚声国际的巨星。

我担任版主的论坛，有两位作家发生了争执。A 作家成就大、人缘广，是论坛里的老大哥，B 作家只不过是业余写作，影响力显然小得多。一日，A 作家贴出一篇自己的新作。那不过是 A 作家随兴涂鸦之作，可是，论坛里的文友们纷纷跟帖，有的说 A 作家的文章字字珠玑，有的说 A 作家的锦绣文字自成一派，还有的说 A 作家的文笔绝对属于大师级……不过，在众多溢美的回帖中，突然出现了一个回帖：狗屁文章！这个回帖出自 B 作家，而 B 作家和 A 作家素无瓜葛。

B 作家的回帖彻底激怒了 A 作家，A 作家觉得 B 作家侮辱了自己和自己的文字。A 作家先是发了长篇大论的讨伐性回帖，后来还将回帖以单独发帖的形式，在论坛再一次发出来。一天过去了，两天过去了，三天过去了……B 作家仿佛从论坛里彻底消失了，再也没有对 A 作家的帖子和自己的回帖进行任何实质性的辩驳和解释。不甘受辱的 A 作家动用了一些手段，对 B 作家进行“人肉搜索”，叫嚣要登门跟 B 作家单挑，甚至还扬言要去 B 作家的单位追究，大有 B 作家不道歉誓不罢休的架势。

显然，A 作家有点儿反应过度了，“锦绣文字”和“狗屁文章”只是不同的人产生的不同的读后感。如果 A 作家看了陶柏军的《记得有人不喜欢你》，估计怒气就不会如此旺盛。

我曾经在某媒体供职，同事大都是跟我差不多年纪的年轻人，大家也算相亲相爱，有活一起努力干，闲了一起到处找乐。可是，广告部的李姐不喜欢我，见了我总是没有好脸色，仿佛我欠了她两千元没还。我向同李姐熟悉的同事打听，可是也探不出一星半点儿的缘由。这个同事还跟我说："你又没有暗恋李姐，管她喜不喜欢你！"

后来，过了很久，我才知道事情的真相。原来，李姐曾经有一段刻骨铭心的爱情，最后相爱多年的男友做了负心汉。虽然李姐现在早已走出了失恋的阴霾，也有了相知相爱的恋人，但是对跟前男友同籍贯的男生却本能地反感。——我并没有做错什么，只是因为跟李姐的前男友是同乡。

不过，时间久了，我的不反抗让李姐渐渐收起了对我的反感，也开始接近和了解我这个同事，不再觉得某个籍贯的男生通通都是坏蛋。

记得有人不喜欢你，教会我们在职场中学会低调，适时的低调让我们从容，宝贵的从容让我们成功；记得有人不喜欢你，教会我们在现实中懂得忍耐，适当的忍耐让我们不会轻易上火，不上火让我们理性地迎接美好的明天。总有一些人不喜欢我们，这是无法回避的命运，我们要做的不是被命运捆绑，而是超脱地做一个快乐的人。

就像喜欢一个人是不需要理由的，不喜欢一个人同样也不需要理由。因此，如果有人不喜欢我们，原因并非总在我们身上。

人生就像是涨潮的海滩，当时光的海水渐渐退去，世界总会显露美好的一面。我们要接受别人对我们的不喜欢，就像接受别人对我们的推崇。生活总是有糖也有盐，偶尔的落寞和孤独也是我们人生路上的一道别样风景。

你的命运由自己掌控

面试是许多求职者必须面对的考核，可是，有个求职者却因为私人原因错过了面试，而人生很多时候错过就是一种过错，何况是在竞争激烈的现代职场。

然而，这个错过面试的求职者却没有放弃，她先是在家里好好反省了两天，然后花了两个月的时间做了一个两分多钟的求职视频。说起来，这个求职视频做得很不顺利：第一次忘了关窗户，风吹乱了画稿，导致拍摄失败；第二次因为相机没电，换电池又移动了机位，拍摄再次失败。这两个月的时间，她拼尽全力制作这个视频，直到自己认为整个视频无可挑剔，就发布到优酷视频网站。这个求职视频收获了数万次的点播，她也成为地地道道的“网红”。凭借这个视频，她获得了再次面试的机会，最终加盟了自己心仪已久的公司。她就是被网友戏称为“史上最牛求职者”的吉林女孩于慧敏。

如果于慧敏接受失败的事实，认为一切都是命运在作弄自己，她就没有继续争取的信心和勇气。所以，对她而言，命运由她掌控。

我有很多爱创作的朋友，有的朋友工作之余进行创作，有的朋友在家带孩子、忙家务，抽空也能写写文章。可是，有一个文友每回动笔却要克服常人无法想象的困难。他不是工作忙得喘不过气来，也不是被家务缠身剥夺了创作的时间。他少的是一双可以敲击键盘的手，因为童年遭遇的一场车祸夺去了他的双臂。

他的父母一直陪着他，照料他的生活起居，还教他读书识字。他最开心的是母亲给他念书的时候，书里的文字一点一点打动着他，让他沉浸在文字的世界。再后来，父亲给他买了一台电脑，他开始在电脑里阅读新闻和小说。有一天，他非常认真地跟父母说：“我想成为一个写作者，在报刊上发表自己的作品。”母亲忧伤地说：“你连吃饭都要我们喂，你怎么去敲击键盘书写文字？”他不服输地说：“那么，我就先从学习自己吃饭开始，慢慢地，再尝试用脚在键盘上打字。”

没有双臂的他练习用脚吃饭，多次烫伤脚、烫伤嘴，父母一次次心疼地阻止他。他总是平静地说：“我总要学会自己吃饭，我还要学会自己写作。”

三个月后，他不再要父母喂饭。之后，他开始练习用脚打字。他想到一个办法：用双脚的大脚趾和第二脚趾各夹一只筷子，然后这双筷子就成了他打字的工具。这样创作很慢，也很辛苦，但是他终于可以在电脑上打字，表达自己心底的想法。他开始给全国各地的报刊投稿。

起初，我们并不知道他的情况，只是经常读到他发表在报刊的文字，从而慢慢开始留意他的名字。当时，我们都常去一家撰稿论坛，不仅分享彼此的发稿喜讯，还交流写作方面的心得。从他发表的文字看，他是一个积极乐观的人，在论坛里也常跟我们开玩笑。有时候，我会想象他现实中的样子，比如他是一个工作不太忙的公务员，或者是一名课不多的中学副科老师，再或者是一家书店的小老板……关于他身份的话题，他从来都不参与。

就这样，他发表的作品越来越多，成为撰稿论坛里的佼佼者。

直到有一天，他的故事突然被所有人知晓，大家顿时对他肃然起敬，因为，从他身上，大家直观理解了什么叫“你的命运由自己掌控”。

创造属于你的奇迹

前两年，我突然对马拉松产生了兴趣。我告诉自己：“有生之年，一定要参加一次半程马拉松。”我的朋友盯着我的啤酒肚说：“你别说跑‘半马’，跑个一两千米就趴下了。”我有点儿不服，就真的出去决定跑两千米。没想到，真的跑了不到半程就跑不动了，停下来休息了好久。于是，我开始制定晨练计划，并且重新规划了饮食结构，对于碳酸类饮料“退避三舍”。小区门口的健身房招揽生意时，我毫不犹豫地报了名，并且坚持一周三练。没多久，我又去尝试跑个一两千米，轻松得超乎自己的想象。后来，我经常动不动就跑 10 千米，根本不觉得有多累。

当武汉马拉松赛事开始接受报名时，我便去报名参加“半马”比赛。我想这是我见证奇迹的时刻。那个小看我的朋友说：“哥们儿，这可是‘半马’比赛，你确定自己能跑完全程？”我并不反驳，只想着用行动证明自己。

“半马”的确不轻松，不断有人退出比赛，就连我的同事摄影记者老石，这个天天在外边东奔西走的中年男人也退出了。接着，几个看上去青春无敌的男生女生竟然昏倒在路边的补给站。不过，我没作过多的停留，我要跟上大部队的节奏。这次“半马”，你要问我成绩，我还真不好意思告诉你，但是我可以骄傲地声明：我顺利地跑完了全程。

奇迹就像是我们心底的一朵花，这朵花仅仅为努力的自己开放。

目标应该分解，奇迹也应该细化，突然绽放的辉煌是大奇迹，而每一天努力的历程是小奇迹。没有小奇迹就没有大奇迹，没有琐碎时光里的坚持，就不会有光芒万丈时刻的幸福。

你的人生只属于你自己，创造属于你自己的奇迹，走向只属于你的道路，成为独一无二的你。

给你的心撑一把伞

Chapter 第三章

人生风雨兼程，既然选择了远方那就潇洒出发。不管前路是平坦还是坎坷，请为自己的心撑一把伞。只有好好爱自己，只有保持心的安宁，才能让我们穿越漫漫人海，最终抵达想去的远方。

书籍是一生的行囊

每一次搬家都是炼狱般的体验，个中滋味只有亲历方能感悟。上上次搬家在两年前，没有请搬运工，叫了两个朋友就开工了。“挪窝”成功后，我和两个朋友都累趴下了，朋友向我叫苦：一箱箱的书要多重有多重。

上一次搬家，我打定了主意不再自己动手，不去劳烦朋友。

我拨通了搬家公司的电话，很快车子和搬运工就到位了。专业人做专业事，搬运工干起活来风风火火：肩扛电视机，胸前还抱着两个大大的纸箱，上楼下楼却依旧轻松自如。不过，搬运工忙活完，忍不住也向我叫苦：“小伙子，你的书可真够多的，没有比书更沉的行李了。”

书真的成为我不可或缺的行囊，而这样的行囊在搬家的过程中，的确于我有一些不堪重负的意味。

不少朋友都劝我将藏书当废品卖掉——不要让自己一直被书拖累。朋友的话并不全是玩笑，对于我这种常常搬家的蚁族，卖掉藏书确也算是一种解脱。可是，我却无法割舍自己对藏书的情感，并笃定藏书将会成为我一生的行囊。

搬家始终是有终点的，这不，去年我也攒足买房的钱，住进了窗明几净的漂亮房子。但是，我对那些书的珍惜却是永恒的。不管是我居无定所，还是拥有了宽敞的书房，书都会久长地占据着我心灵重要的位置，成为我思想的宝贵行囊。

读万卷书，行万里路。在我看来，阅读和旅行是人生不可或缺的部分。旅行是我们和世界拥抱的机会，而一本随身携带的好书，能给我们无穷的力量。

阅读是一件格外美好的事情，当我们的心沉浸在文字里，世界变得很小很小，职场中的钩心斗角及种种喧嚣，都无法进驻我们的生活。

阅读是最炫最酷的选择，当我们在嘈杂的环境中阅读一本书，在文字的世界里徜徉，是对自己心灵的莫大关爱。

最近从报道中得知，原来明星胡歌有书不离手的习惯，他甚至还为粉丝们开出了长长的书单。照片中专心读书的胡歌是那么成熟稳重，那么帅气逼人。对明星来说，比起泡吧、逛夜店，阅读显然是一件低调得多的事情，然而正是这份低调，却使得明星更有光芒，心灵更受滋润。

当我们寂寞无助时，当我们心灵空虚时，当我们感觉自己心灵开始变得不强大时，书籍总能适时地安抚我们的情绪，平复我们的心情，让我们重获生活的勇气和力量。

带着书籍走向岁月深处，最终我们会遇见美好，遇见幸福，遇见花团锦簇的明天。

好音乐是疗伤的药丸

刚刚来到这座城市，我找到一份不好不坏的工作，同事都是差不多年纪的年轻人。工作不是特别忙碌的那种，不忙的时候大家就漫无边际地闲聊，仿佛可以就这样聊到时光尽头。有时候，我的心就会陷入茫然，开始思念远方的家人和小镇。

下班后，几个同事在宿舍待着，百无聊赖，时光慢得好似走不动。这时，电台里播着许美静的《城里的月光》："……城里的月光把梦照亮，请守护它身旁，若有一天能重逢，让幸福洒满整个夜晚。……"低沉的声音徘徊环绕，像海浪拍打沙滩一般拍打着我的心房。那些芜杂的情绪慢慢地平复下来，所有的孤单、寂寞和忧伤都消散。——不管窗外有没有月光，都是很美很美的夜晚。

恋爱时喜欢听张信哲的歌曲——

“……好久没有你的信，好久没有人陪我谈心，怀念你柔情似水的眼睛，是我天空最美丽的星星……”

“……让我随你去，让我随你去，我愿陪在你的身旁等你回心转意，我想我是真的爱你，我是真的爱你，我是真的爱你……”

…………

甜得发腻的歌曲适合相恋的人，仿佛所有的甜蜜只有唱出来，让全世界都被感染才更开心。

失恋的时候，一遍遍地听张宇的《雨一直下》。苦情的歌让人找到共鸣，仿佛在茫茫黑夜找到可以相依相伴的人。

不是每一次孤独都有人陪，不是每一次失败都有人安慰，不是每一次失去恋情都有一杯热咖啡，但是不会遗忘和背弃我们的是好音乐。

好音乐丰富了我们的生活，好音乐开阔了我们的视野，好音乐是疗伤的药丸。当我们需要好音乐时，它总会如期而至，用永远不变的音色安抚我们。相同的音乐隔着时光再现，也总会有不一样的味道和感觉。被音乐环绕，许多俗世里的烦恼会被屏蔽，那些曾经以为无法远离的痛苦也会淡去。所以说，当我们的心觉得无处可去的时候，音乐绝对是我们最好的疗伤的药丸，更是我们穿越风雨后的避风港。

有的歌手越老歌声越有味道，有的新人横空出世把老歌唱出新的味道。

总有人说《我是歌手》节目中被唱哭的观众是电视台安排的托儿。其实，好音乐就是可以让人笑、让人哭的。我相信，在听歌过程中洒下眼泪的人，肯定是被音乐深深打动了，或者是因某一句歌词勾起了某一段回忆……

聆听好音乐吧，朋友，好音乐像知己一般不离不弃，在你最需要的时候，给你最贴心的关切。

爱上健身，爱上人鱼线

很多人都有健身的想法，甚至常常把健身这件事挂在嘴边，但是真正能选择健身并且坚持到底的人并没有几个。

在我们小区的业主群，时常有人发布转让健身卡的信息。转让健身卡的原因无非两种：一是转让者要搬家，再回来健身不方便，二是转让者坚持不下去了。前者有特殊原因情有可原，后者半途而废则实在可惜。

要知道，健身的目的，不仅仅是为了消除讨厌的啤酒肚和大肥腰，练出性感的人鱼线，更是为了关照自己，拥有健康的体魄，更好地享受生活。而关照自己，有时候表现为和风细雨，有时候表现为雷厉风行，唯有适时对自己狠一点儿、猛一点儿，才能让自己告别旧日的状态，迎来崭新的人生局面。

我有个在杂志社做编辑的朋友。他们做的是一本时尚杂志，不仅每期的杂志封面是衣着时尚的明星或名人，杂志社里的同事们个个也都穿得相当讲究。我的这个朋友以前在政府机关做事，缺乏运动，不注意控制饮食，肚子圆得像个大皮球。刚去杂志社，穿什么衣服都跟时尚不沾边，甚至好几次都让清洁工阿姨误以为他是走错了门的维修工，总是不给他好脸色。朋友很窝火。有一次，他翻看新杂志，突然激动地宣布：“我要练出跟黄晓明一样的人鱼线！”同事们哈哈大笑。

没想到，他说干就干，真的在健身房办了一张最贵的健身卡。最贵的健身卡提供最多的健身机会，而且还有和健身教练一对一学习的机会。不过，这种健身卡不能退，也不能转让，只能由办卡者本人使用；锻炼课时倒是不限制。

健身房里大都是俊男美女，朋友是个地地道道的胖子，稍微活动一下就浑身冒汗，周围人都用诡异的眼神看他。但他不予理会，总是认真地按照教练的指导练习。

日子一天天过去，通过他在朋友圈分享的照片，不难看出他确实一直在坚持健身，而且体重也慢慢地在下降。用他自己的话来说："我依旧还是个胖子，但是'吨位'真的在下降，不再是那个恐怖的大胖子了。"

一年多时间过去了，朋友的啤酒肚彻底不见了，胳膊和大腿上的赘肉也难觅踪影。不过，他梦寐以求的人鱼线仍然没出现，用他同事的话来说："别人都是八块腹肌，而你只有一块腹肌。"

又过了一年，他在朋友圈发出一张健身照。照片里的他俨然换了一个人：有了令人羡慕的八块腹肌，也有了他梦寐以求的人鱼线；整个人瘦了好几圈，但是面貌却精神多了。

人鱼线不会从天而降，"若非一番寒彻骨，哪得梅花扑鼻香"。

懂得关照自己的人，必然爱惜自己的健康，健康就是人生的一把大伞，会护送我们去更远的地方，实现更多的梦想，见证更多的美好。

你也可以偶尔发发呆

课堂上，老师最不喜欢爱发呆的学生，总认为这样的学生“身在曹营心在汉”，甚至还会让开小差的学生罚站。

后来，慢慢地，我们结束了校园生活，“坠”入了庸常的日子，或者开始追求人生和事业的梦想。日子里有太多亟待解决的问题，人生和事业的梦想都太过远大，并不是轻轻松松就可以达成的。于是，我们绷紧了神经，一刻都不敢让自己有丝毫的松懈。那些站在窗台前发呆的时刻越来越少，那些和朋友泡一壶茶闲坐一下午的机会越来越少，躲在大自然的怀抱里什么都不想也早已成为一场梦。

可是，人生不该永远都是一种姿态，奔波太久了要学会放慢脚步，喧闹太久了要学会安静从容，有时候还要和昨天的自己告别，让自己的心有放空的可能。曾经约朋友游巴厘岛，大家都早早地办好了护照，只等假期到来时结伴而行。到了报团的时候，朋友问我："巴厘岛有什么好去，还不是差不多的风景，还不是差不多的游客。你能去干吗？无非是在沙滩上发个呆。可是再怎么逃避，需要你面对的问题，一个也休想躲过。"

我承认，吸引我穿越国门选择远行，真的还不是那些未知的风景。巴厘岛的风光片看过很多，也有许多朋友在朋友圈分享旅程，而我只想找个地方修身养性，做一个发发呆什么都不想的人。这不是人生某一阶段的逃避，而是给自己的心放一个假，让自己的心得到安抚和修补。

有个传闻，知名演员梁朝伟闲的时候，就会坐飞机去伦敦，找个广场喂喂鸽子，发发呆。喂完鸽子，他就像什么事也没发生一般，再搭乘飞机返回中国香港。显然，像梁朝伟这样发呆，对于很多人来说真任性不起来，不光是时间上没这么自由，机票钱也绝不是小数目。不过，就算再忙的人也应该有放松的时候，去伦敦喂喂鸽子不会影响梁朝伟拍电影，找点儿时间、找点儿空闲发发呆，对于我们也不是多大的事。

其实，发呆是大脑的一种应急反应，外界事物总在发生变化，我们也需要适时的调节。上海市心理学会理事冯永熙表示，发呆是正常人的一种心理调节，偶尔发呆无伤大雅，还有利于健康。

发呆是可以消除疲劳的，也许我们已是万水千山走遍，也许我们刚刚经历了一次激烈的竞争，也许我们的心伤痕累累痛得无法呼吸……这些时候，比起漫无边际地想来想去，暂时把自己的思想封存起来，何尝不是最好的修补和熨帖？什么都不想，哪里都不去，只是看看云，吹吹风，邂逅一场雨，或者在雪地里写几行字……发呆的滋味淡淡的，发呆的感觉很轻，却能扛起生活所有的重。

偶尔发发呆，可以创建属于自己清新的小空间，自由自在地呼吸、哭泣和欢笑；偶尔发发呆，想或不想都没有关系，放空是一种妥帖的舒展。我们真的不是凡事都要赢，也不是一直都要飞，而是应该像飞翔的候鸟，可以去海角天涯，也可以在适当的时候，安安静静地降落和停泊。这便是最从容的状态，最自在的人生。

也许是几分钟，也许是几小时，也许是一段悠长的时光，人生不能永远都是在赶路的状态，有时候停下来是为了走得更远，走得更好。我们应该珍惜发呆的机会，这样我们可以离自己的心很近，离尘嚣的烦恼很远。

写一封信给未来的自己

随着电子商务的普及，快递越来越发达，不仅次日达司空见惯，连当日达都即将成为常态。前不久，有个朋友发了条微博：“父亲早上说想喝酒，我立即在 ×× 网站自营店下单，没想到午饭前快递员就上门了。”

而下面，我要说的不是快递这件事。这几年，出现了一种叫慢递的服务。慢递，顾名思义，投递的速度相较快递要慢得多。据了解，慢递最快也要几个月才能送抵，而更多的情况下，需要几年、十几年甚至几十年才能送抵。

选择慢递业务的，有写信给自己即将出生的孩子的爸爸、妈妈，有写信给未来孙子的即将离世的爷爷、奶奶，还有希望父母2049年收到自己来信的儿子、女儿……更多的是写信给未来的自己的年轻人——希望在时光掠过之后，回头看看曾经青涩的自己，感受时光飞跃的奇妙。

如果你也要给未来的自己写一封信，你是会写下现在雀跃又不安的心情，还是会写下对未来的展望和期许呢？我会告诉未来的自己，今天的我是如此平凡，如此普通，如此不起眼，但是我依旧选择努力，因为我不想让明天的自己因今天的懈怠懊悔。

并不是每个人的未来都会光辉灿烂，并不是每一条路都会通往成功的彼岸，但是我们还是要带着足够的勇气和自信出发。

给未来的自己写一封信，也是一个审视和修正自己的机会：让今天的你更懂得进取的自己，让明天的你更感谢努力的自己。

比起未来，今天的我们还是稚嫩的，但是，所有的时光在我们手上，我们愿意尽己所能去拼去搏，去追逐一切的可能。

其实，写一封信给未来的自己，更大的意义不在于慢递的形式，而是换一种更平和、更务实的心态，去面对前方纷至沓来的挑战。

当然，给未来的自己写一封信，和未来建立一种紧密的关联，更是对慢生活的一种推崇。

慢不是一种懈怠和放弃，慢是一种优雅和从容；慢不是消磨今天，慢是对人生最理智的审视和规划。时光慢了，脚步并没有慢，梦想更不会冷却，人生路上有风有雨有挫折有压力，但是通往未来的信心和决心，已强大到不可动摇。

写一封信给未来的自己，把今天的心情传达给未来，把不可复制的日子铭刻在心，当时光推进到未来，我们会感谢自己如今的坚定，也感动自己的不抛弃、不放弃。

寻找适合你的治愈系

有那么一段时间，我沉溺于TVB的电视剧。那些有黎耀祥、陈豪、杨怡的电视剧，陪我度过了一个又一个寂寞的夜晚。很多时候，我整个人都陷入剧情中，甚至做梦都是剧中的情境和对白。而现实生活中的烦恼，也的确离我远了——我的心有如有了一层保护膜。有时候，有人跟我说，TVB有什么好看的，美剧、韩剧和日剧要棒得多。不过，在我看来，选择自己的治愈系，绝对可以任性一点儿——我们无须紧跟潮流，我们只为自己的心负责。

我有个女同事，别的女孩子都喜欢李易峰、鹿晗或黄晓明，她却喜欢一个名气很小的新人。她不止一次告诉我们："×××

是我的治愈系，他就像我的不可或缺的氧气。看着他，我就感受到无穷的希望和力量。”

的确，不管我们的治愈系偶像是谁，只要能带给我们希望和力量就是适合的。

治愈系是一种安静的力量，可以给我们巨大的勇气，让我们就算在心乱如麻、失去主张的状态下，也能迅速重回正常的轨迹。

我有个朋友是个地地道道的吃货，每天都能看到他在朋友圈分享品尝美食的感受。不过，他告诉我们：“美食不仅仅是我味蕾的享受，更是我生命里的盐和糖，让我的日子过得更有滋味，不会轻易被情绪左右。”说真的，他品尝美食的样子，是那样沉醉，那样享受，又是那样放松。不难想象，在他享用美食的时候，所有的不愉快情绪都跟他绝缘。

我还有一个朋友，他是个绘画爱好者，家里堆满了自己的画作。坦白说，他的作品并不出色，可是，他一有空就画山画水，画得不亦乐乎。自然，当他情绪低落的时候，肯定是躲在自己的小画室里画画。他的画室包容他所有的忧愁，让他找到心灵的避风港和加油站。

说到适合自己的治愈系，有时候我们是被别的人、事、物治愈，有时候却可以说是不治而愈。自愈，也是一种强大的能力——不需要依靠外力，却可以调适心情，让自己更从容、更自在。

你的心，需要一把保护伞

我曾经在大学城开了一间店，小店在大学城的商业一条街。这条街上的店面，有的生意好，有的生意差，大部分都处于吃不饱饿不死的状态。当时几间门面，生意最好的当属麻辣烫和蛋糕店，两家老板虽然极力隐藏心底的喜悦，但是眼底的喜悦却出卖了他们。让我奇怪的是，鞋店的老板孙阳每天也乐呵呵的，可是他店里的生意并不怎么样。

有一天，孙阳又在店门口哼着歌，我忍不住问："老弟，今天卖了几双鞋呀？"

孙阳实话实说："不怕你笑话，今天店里还没开张呢。"

"那我就纳闷了，既然生意不是很好，你为什么还能乐开花？”我继续问。

“生意总有好有坏的时候，但是我们的心情不必跟着起伏。生意好可以一乐，生意不好也一笑了之。最关键的是，我们要给自己的心撑一把‘保护伞’，保护我们内心的脆弱和寂寞。”孙阳回答。

很多时候，我们要么觉得自己很坚强，要么抱着破罐子破摔的心理混日子。殊不知，每一次的出发和进击，都需要非常好的心理建设。比起每一次启程准备的行囊，我们也要高高地撑起护心的伞。这把伞挡风又遮雨，这把伞具有超强的抗压作用，这把伞让我们不退缩、不慌张、不畏艰难、不惧风雨。

曾经，我采访过一个长跑运动员。比赛中，别的运动员抵达终点的时间相差无几，可是他却落后了整整两圈。比赛的名次已分，可是，他依旧坚持奔跑，不仅扬着头，还唱着歌，给人的感觉他不是最后一名，而是遥遥领先的第一名。

这个运动员到终点时，没有想象中的掌声雷动，因为大部分观众都退场了。我非常好奇地问：“没有对手，没有观众，你为什么还要坚持到最后？是什么给了你坚持的勇气？”他微笑着说：“我做不了比赛的胜利者，但是我依旧要完成比赛，这是我最简单的坚持。有些时候，我们不是那么优秀，甚至还有一些寂寞，但是勇敢和乐观却是一把伞，足以让我们无畏地前行。”

人生
有舍才有得

第四章 Chapter

从长线来看，舍多少，得多少，这是人生最真实的“能量守恒”。因此，我们没有必要为一时的得失焦心。一个看淡了得失的人必然有更大的格局，一个不计较得失的人最有收获。

淡泊是一种优雅的气质

古语有云：淡泊以明志，宁静以致远。意思是：看轻世俗的名利，才能明确自己的志向；身心安宁恬静，才能实现远大的理想。这让我想到了钱锺书。

钱锺书生前有很多新闻媒体和电视栏目想采访他，连中央电视台《东方之子》栏目也多次邀请他参加节目，可他不接受任何媒体对自己的宣传报道。

钱锺书对《东方之子》的记者说：“喜欢我的作品可以去买我的书看，而我本人是个平凡普通的人，你们就不要浪费表情和笔墨了。”最后，《东方之子》节目组不得不宣布：钱锺书从来都不接受媒体采访，我们只好尊重他个人的选择。

20世纪80年代，美国的著名高等学府普林斯顿大学邀请钱锺书去讲学。说实话，普林斯顿大学开出来的条件不错——酬金16万美元，每周讲学一次，时长40分钟，共计12周。普林斯顿大学不仅盛情邀请钱锺书，甚至还提出可以携钱夫人同往美国，所有的费用都由普林斯顿大学承担。可是，钱锺书竟然想都没想，直接谢绝了。

我们并不是一定要像钱锺书大师一样抗拒名利，但是不妨选择淡泊的姿态去面对纷繁的世界。

淡泊是一种优雅的气质，或许我们仍穿梭在名利之间，或许我们不能真的超脱世俗，但是我们可以用更从容的心境走过最长的时光。

我常常参加一些作家笔会，笔会除了采风和观光活动，少不了会有座谈会。座谈会的固定程序是与会人员进行简单的自我介绍，让大家有一个互相熟悉的机会。

我发现，越是文学大家，越是低调发言。他们总是轻声慢语地说："我是×××，很高兴在这里和大家认识。"当主持人接过话头，准备长篇累牍地介绍他们的创作经历时，他们总是摆摆手示意不必。当与会的年轻作家向他们请教各种问题，他们总是耐心细致地解答。

这就是大家风范，这种淡泊是经过岁月沉淀的美好，是让人不得不钦佩的气质和情怀。

心小了，欲望就小了

很多时候，我们的心很大很大，大得恨不得一转眼从职场新人变成公司高管，大得恨不得一转眼走过千山万水看尽所有风景。其实，不妨让我们的心小一点儿。

有个立志要做最牛销售员的男生，毕业快一年了，还没找到一份正儿八经的工作。他跟我说："我要进就进世界 500 强的外企，那些小公司，没兴趣。"

遗憾的是，没有一家外企聘用他。后来，我有个在世界 500 强公司上班的老友要我给他推荐几个合适的大学毕业生。

老友公司非常需要销售人才，但是看到该男生履历表工作经验栏显示空缺，还是决定放弃这个眼高于顶的年轻人了。

追逐梦想就像放飞纸鸢，是一个循序渐进的过程。心小一点儿，迈向前方的步子也小一点儿，或许这看上去不是那么激越张扬，但是却实实在在地挺进了未来。心小一点儿，不代表心永远都那么小，只是特定的时候降低期望值，低姿态的起飞只为他日的展翅高飞。

我有个朋友，曾经在北京工作生活，想买一套哪怕是燕郊的房子也属于非常遥远的梦想。每天他和爱人挤公交、换地铁，上班路上的时间都快赶上工作时间。别人都在朋友圈发练瑜伽、登山或摘草莓的图片，他们却总是贴出“累成狗”的表情。

后来，朋友带着爱人回到山东一个小镇，用在北京连首付都交不起的钱，盖了间不大不小的别墅，上下班以车代步只要20分钟。

朋友跟我说：“本以为从北京回到山东小镇，是让自己的心变小了。没想到，这一选择却让我获得了前所未有的幸福感。”

朋友做得对，心小了，欲望就小了，而欲望小的人配得上所有的幸福。

不要越过人生的警戒水位

有一段时间，我特别勤奋，除了扎扎实实做好手头的工作，一有空，就全力以赴撰写出版社的约稿。本职工作是写作，业余兼职还是写作，我跟文字成了全天候不分离的伙伴。就算有时候我没有做本职工作，也没有赶出版社的书稿，脑子里依旧是密密麻麻的方块字。

有一次，我从公司大厦出来领一个快递，一辆飞驰而来的宝马差点儿撞到我。宝马车紧急刹车，从车里下来的是某公司的杨总，我们曾经有过一两次的接触。杨总大声地说："小路！可别在走路的时候想东想西，真被车撞了什么都不用想了。"杨总的话让我很震动，我开始反思自己每天的行为。

后来，我开始尝试着放松自己的心情。在闲暇的时间，我不再去理会创作这件事，而是去听音乐、看球赛或者练瑜伽。

人生就像是一条河流，它看上去可以装很多很多的水，但是一旦超越了警戒水位，我们就必须认认真真地面对。我们不要等到水漫金山再有所动作，我们不要等到无法收拾再慢慢料理残局，我们不要去尝试越过人生的警戒水位，而是在麻烦累积之前就解除警报。

一个懂得关照自己的人，首先要读懂自己的身体，其次要读懂自己的内心。如果我们无法破解身体的警报，那么就应该定期做身体检查，并且按照专业人士的建议，重新规划自己的饮食结构和健身方案。

我写过一本书——《心是一切的根源》。我们许多的成功与失败，欢欣与悲伤，常常跟我们的内心密不可分。我们要从生理上去呵护自己的健康，也应该从心理上去呵护自己的情绪，好的心情就像是一把钥匙，可以打开无限神奇的前途和未来。简而言之，我们也要懂得护心，不要让自己的心越过人生的警戒水位，不要让自己的情绪绷得太紧，不要让自己笼罩在一片黑色的高压之中。

要护心，我们要适时调整自己的人生计划，远的梦想可以是恢宏庞大的，而近的目标却应该是脚踏实地的。

水位高要防洪，心太累要减压。生活不仅仅有堆积如山的工作，还有远方的江河湖海、名山大川，还有一群群和我们不一样的人……世界那么大，我们可以去看看。

要护心，我们不妨阅读一些好的书籍，那些励志图书里的成功案例或许是无法复制的，但是可以复制的是成功人士的良好品质、进取的决心和高昂的斗志。没有谁能随随便便成功，没有谁能简简单单圆梦，我们可以从别人的人生脉络中找到属于自己的人生方向。

要护心，我们就会懂得，不仅要心向未来，也要活在当下。未来再美好，当下依旧是最真实、最鲜活、最不可或缺的人生。

让一些沙子从指缝悄悄滑落

机会人人都想要，成功的人感谢机会的宠爱，失败的人责怪机会不眷顾自己。连文学巨匠大仲马都说过，谁若是有一刹那的胆怯，也许就放走了幸运在这一刹那间对他伸出来的香饵。

但是，生活就是这样的奇妙，这样的纠结，机会像商量好了似的，要么通通不来，要么结伴而至。

那个时候，我还在某高校的一间彩扩店供职，彩扩店以冲洗照片为主，也承接毕业生合影留念的工作。在我们承接照片冲洗和拍摄业务时，常常会遇到这样的问题：业务跟业务撞了期，以彩扩店的业务承载量，根本没有能力完成。换了别的老板，肯定会先将业务接下来，再去和顾客协商将日期延后一点儿。如果延期不成，也可以将业务转包给其他的彩扩店，不至于让到手的钱像煮熟的鸭子一般飞了。

可是，老板每次都很慎重，从来不会揽下完不成的业务。看着那些上门的生意没了，连我们这些店员都倍感可惜，对老板的埋怨也开始蔓延。老板却总是笑着说：“端多大的碗，吃多大的饭，人不可太贪心。当然，我们也可以找枪手完成业务，但顾客是相信本店的品质才来光顾，我们不可以怠慢了顾客的那份信任。”

许多年过去了，彩扩业越来越不景气，大部分的彩扩店都关张了。但是，我曾经供职的彩扩店一直屹立不倒，相信这和老板对待机会的态度不无关系。

后来，我离开了彩扩店，也彻底离开了彩扩业，整天和文字打起了交道。和很多作者一样，有不少编辑会向我发来约稿的信息。最初，我总是一一将约稿接下来，然后马不停蹄地写啊写，大部分的稿件都能顺利通过，当然也有“写了白写”的情况。渐渐地，约稿越来越多，稿件的类型也越来越广，从文艺专栏到职场策划，从理财分析到国际评论。这时，我想到了彩扩店的老板，也知道自己到了遴选机会的关头。刹那间，我变得格外冷静：毕竟一天只有24小时，更重要的是，我虽然是一个写作者，但是绝不是全能的天才，总有一些领域是我不熟悉的。于是，我在仔细地考虑后，推掉了一部分写不完或写不了的约稿。事实上，我的做法并没得罪相关编辑，他们反倒更欣赏我的真诚和成熟，继续与我保持着良性互动。

其实，有时候机会就像我们手心里的沙子，纵使有再大的手掌，也不能握住全部的沙子。让一些机会像沙子般流走，表面看或许是一种损失，然而放弃却腾开了空间，让我们更稳当地拥有丰盈的收获。

这让我想到了许多剩男剩女的故事，其实他们并非一直无人问津，爱情也并非一直都远离他们。比如，我认识一个叫洁的剩女，身材高挑、皮肤白皙、谈吐得体，虽然算不上是大家闺秀，但也绝对算是小家碧玉。我记得多年前对洁暗送秋波的男生可多了，她几乎是情书收到手软，但她不曾拒绝哪个男生，也不曾接受过谁。转眼，洁大学毕业，参加工作都两年了，她也慢慢步入剩女的行列，不仅家里人开始着急，她自己也开始着急。

给洁介绍对象的亲友和同事很多，她每个周末都会见几个单身男生。可能是太怕自己一直“剩”下去的缘故，和男生见面后她很少直接拒绝别人，甚至还会互加微信保持一定热度的联系。当有人问洁“我介绍的男生怎么样”时，她总是吞吞吐吐地说：“容我再好好想一想。”有的人就不再继续问东问西，有的人却直截了当地说：“喜欢就是喜欢，不喜欢就是不喜欢，都不是小孩子了，真的没必要磨磨蹭蹭的。”这时的洁总是涨红了脸，不知道如何回答是好。

私底下，我问过洁，她小声地说：“其实，大部分男生我都不喜欢，不是因为他们各方面条件不好，而是我还没找到那种来电的感觉。”我纳闷地问：“不喜欢为什么不说出来？这样岂不是浪费大家的时间？”洁继续小声说：“大家都开始喊我剩女了，我怕轻易放弃会失去机会。”刚好，我身边有一堆沙子，我抓了一把起来，许多沙子从我的指缝滑落。看着越来越多的沙子重新滑落地面，洁不明就里地看着我，默不作声。这时，我摊开了手掌，掌心是一颗玻璃球，我很认真地说：“如果不让一些沙子从指缝滑落，也不会知道原来握住的是一颗‘珍珠’。”

现实生活中，不光是洁，很多人想抓住的都太多太多，却舍不得放弃一些，比如机会，比如财富，比如荣誉。然而，退就是进，舍就是得，只有在潇洒的收放之中，我们才能获得最自如的人生。

该是你的就是你的，不是你的就不是你的

那一年，我不过是二十出头的年纪，爱上了一个比我大的离异女人。她跟我所有喜欢过的女孩子都不一样，她不幼稚、不胡闹也不纠缠，她懂得我心底的所需所求，体贴我，照顾我，同时也很享受我给她准备的小惊喜。我想，这就是我要找的女人，我不在乎她比我大，不在乎她有过家庭，有一个留给前夫抚养的孩子。我们憧憬未来，约定不管遭遇多大阻力，都绝不松开对方的手。

可是，她的孩子是个小病秧子，时不时就头疼脑热，一时半会儿还医不好。她的前夫没辙时，就会打电话唤她过去照顾。她一去就是三五天甚至好几周。好几次，我看到她、她的前夫和孩子一起愉快地逛街，我有一种想质问她的冲动，可是想了想还是作罢，我愿意相信我和她的感情，而她每次过不了多久也的确还是会回到我的身边。

我没有察觉到感情的危机在萌生，直到有一天她离开了，带走属于她的所有的东西，只留下了一封简单的诀别信。

她说她离不开自己的孩子，慢慢地，也适应了和前夫在一起的默契。她说就算不为她自己，不为她自己的幸福着想，也要为孩子的未来着想，完整的家庭才能让孩子健康快乐地成长。她说我应该选择更年轻的女生，年龄或许不是太大的障碍，可是情感不该是一场障碍赛，选择最适合的才是幸福的根本。

我打过几次她的手机都没有接，去她的家里找她也是大门紧闭，直到看到他们一家三口幸福地出现，我才丢掉幻想，重新面对现实。

再讲一个关于我的故事。

那些年，我在一家柯达快速彩色冲洗店打工，柯达公司每年都会有一定的培训名额，优秀的彩扩师可以在上海的中国总部学习。在当时的我看来，自己要成为一名优秀的彩扩师，不仅要按照顾客的要求冲洗出完美的照片，还得去上海的柯达总部好好镀回“金”。

可是，一连几年，我都没得到去培训的机会，不是店里没有获得培训的名额，就是老板没有推荐我去。慢慢地，冲洗技术由传统向数码转移，柯达总部的培训的针对性也开始加强。然而，柯达公司的技术转移并不彻底，整体的运营也开始出现下滑。那一年，柯达公司最后一次举行培训的活动，一再和培训失之交臂的我也格外希望能够去上海学习。

当时，我是店里的首席彩扩师，而另外两个彩扩师，一个是已参加过上一期培训的老板的侄子，另一个是试用期还没结束的新人。我想，这一次培训机会一旦落到店里，老板再没任何理由不让我去。可是，我等来等去依旧没等来自己想要的结果，去上海参加最后一次培训的不是别人，而是我们老板他自己。

毕竟那是最后一次培训的机会，一时的错失就是永远的错失，可想而知我的心情是多么懊恼。获知消息当晚，我一个人在附近的酒吧买醉。当我喝得有几分醉意时，好久不见的大刚冒了出来，还坐在了我对面的位置。大刚是粗线条的朋友，当他听完我的唠叨后，只是大大咧咧地说：“该是你的就是你的，不是你的就不是你的，或许你失去的是一个培训的机会，但是你可能获得更大的世界。”

还真被大刚说对了，由于我没参加那次重要的培训，慢慢地，我跟传统彩扩甚至数码彩扩都越走越远了，我开始思索自己的第二次职业生涯。由于我对文学的兴趣很大，渐渐地，我开始加大对文学创作的涉足，并且兼任某企业内刊的编辑工作。当传统彩扩日益衰败，直到我们的店关门大吉时，我并没陷入恐慌，而是自然而然地转入了新的行业。不敢说我后来的职业生涯是多么风生水起，至少不像我的同事等到非转型不可，却不知道到底该往哪边走。

得不到的爱人、机会、荣誉或权力，或许根本不属于当下的你，甚至你永远都无法得到，何必等到在现实中撞得鼻青脸肿才清醒。得到是一种美好的拥有，得不到也是一种洒脱的转身。

有舍才有得

我曾经在一家台资公司供职，公司一位资深女同事有一句“名言”：“不要跟我扯什么奉献精神，拿多少钱我就做多少钱的事。”她的话初听好像有几分道理，但是细细一想，总觉得哪里有些不对。

人生有舍才有得，这个总是斤斤计较自己是不是干得太多的资深女同事，好几年都没有得到加薪的机会，甚至在公司人员调整时被第一批裁员。而一心扑在工作中，常常主动申请加班的同事，转眼就被调到更好的职位上去。

女儿在上幼儿园，偶尔幼儿园会有美食分享会，号召大家给其他小朋友带好吃的。女儿总会提前一天拽着我去逛小区门口的大超市，还一路上念叨着："我要给小朋友准备37颗棒棒糖、37个蛋黄派和37个蜜橘，还要给老师准备三颗好吃的巧克力。"美食分享会结束了，女儿品尝到了很多她平日接触不到的零食，而且书包里也塞满了吃不完的许多好吃的。

舍与得不总是对等的，有时舍大于得，有时得大于舍。人生是一个很漫长的过程，我们真的不必太过计较舍与得的落差，斤斤计较只会让我们变得不快乐，甚至失去一些宝贵的友谊和支持。而且，从长线来看，舍多少，得多少，这是人生最真实的"能量守恒"，因此，我们没有必要为一时的得失焦心，一个看淡了得失的人必然有更大的格局，一个不计较得失的人最有收获。

营救
不强大的自己

Chapter 第五章

生活不嫌弃举步维艰的人，但生活看不起不思进取的人。人生路上，我们会跌倒，会遭遇失败，但我们不能白白跌倒，白白失败，我们要从跌倒中学会反思，从失败中找到开启成功之门的钥匙。

飞得再高，也要软着陆

我过去的高中同学阿沁，如今是远近闻名的企业家，她的工厂生产的产品远销东南亚、欧美等国家。在家乡的媒体上，时常有关于阿沁的报道，有说她是当地最大纳税户的，有说她是三十年来最牛女企业家的，不一而足。

一次，我忍不住问阿沁："你有没有感到飘飘然的时候？"

她笑了笑，说："最初，事业越来越成功，得到的关注越来越多，我难免会骄傲自满。第一次扩大工厂规模时，不仅合伙人和我闹掰了，而且工厂里元老级的员工，也都竟然不约而同选择离职。"

"后来你是怎样重新调整好心态的？"我问。

“这要谢谢我的母亲。当我四面楚歌面临窘境时，我悄悄回了一趟母亲的家。母亲在地里摘了几个菜，又上街买了点儿猪肉，给我做了三菜一汤。我回家没多大一会儿工夫，村里和镇上就来了几拨人请我赴宴，说要好好接待著名企业家。母亲掷地有声地说，闺女回了家就是闺女，哪有闺女不在家吃饭，跑到酒店去吃吃喝喝的！那一刻，我突然明白，其实我就是个平凡的女儿、平凡的人，那些外在的荣誉和光环都是虚无缥缈的。不管自己走得多远、飞得多高，一定要记得走得远还能回得去，飞得高还要能够软着陆。”

这让我想起自己写作的事情。

有那么几年，我创作热情非常高，创作成果也堪称丰硕。几乎每天都有几家报纸刊登我的文章，文友们总爱用艳羡的语气说：“小路，你简直要成副刊之王了！”

我知道这是文友的溢美之词，可是听得次数多了，还是不自觉地开始得意和满足起来。之前，我每天都坚持写 2000 字，如果有报社临时约稿，我就算不吃饭、不睡觉也会完成。可是，慢慢地，我每天的写作量开始缩水，编辑的约稿完成得也不是很及时。稿子发得少了，我也满不在乎，还自我安慰：“就算稿子发得少了，我还是发稿榜上的优胜者。”

后来，有一个相熟的编辑直言不讳地跟我说：“不管你以前发了多少稿子，那都是过去的事情。对于一个写作者来说，不管取得过什么成绩，获得过什么荣誉，还得回到踏踏实实的创作上来。就像一架飞机穿越了三万英尺的高空，最后还是必须平平稳稳地软着陆。”这位编辑的话让我如梦初醒，再也不敢骄傲自满了。我重新找回了以前的创作的热情和速度，认认真真对待每一次的编辑约稿。渐渐地，我发表的稿子重新多了起来。

再后来，随着报刊的逐步萎缩，我将写作重心转移到图书撰写上。图书撰写，对于我来说是一个全新的领域，我虚心地跟一些出过书的文友学习，也开始和一些出版编辑进行交流。有个编辑了解过我以往的创作经历后说：“就凭你在报刊写作上的成就，要写书、出书实在是一件很容易的事。”可是，我一点儿都不敢骄傲，我知道报刊写作和图书出版是两个不同的领域。而且就算过去有再大的荣誉，也不代表我能够一直荣耀。

我很享受当下笔耕的感觉，想象着敲击键盘落下的一个个文字，最终会变成铅字，构成为一本暖心励志的新书，就很快活。

而我也告诉自己，如果有一天，我在图书创作上获得大的成功，依旧要戒骄戒躁，踏实认真地做好自己的工作。

能收能放，能进能退，能飞得高，也能软着陆，这才是人生的最高境界。

累的时候喊累，苦的时候叫苦

累的时候喊累，苦的时候叫苦，这是人最本能的疏解和释放。我们的家人、爱人和友人，可以包容我们情绪的涌动，可以安抚我们的浮躁和不安，也可以调动我们重新出发的积极性。当然，对于家人、爱人和友人，在他们遇到这样那样的问题时，在他们遭遇工作生活的压力时，我们也可以温暖他们、抚慰他们、激励他们。

有一段时间，我在东莞一家印刷厂打工，台湾老板特别严厉，不仅对我们的工作要求高，而且动不动就口不择言开骂。有几次，台湾老板怒骂女同事，那些脏话让女同事又是脸红又是抹泪。我忍不住就站了出来："老板，你有事说事，批评人可以，请不要带脏字，这会污染空气。”台湾老板想不到有人会做“出头鸟”，但是我说得有理有据，他也不便炒我鱿鱼。不过，之后他对我的态度差了很多，有提拔的机会也不考虑我。

有一天，我刚刚上完通宵班，有一台印刷机的机长请假，老板又临时要我继续上白班。

由于那是一台我不熟悉的布标印刷机，再加上睡意一阵阵袭来，一不小心，我的左手中指卷进了机器中，钻心地疼痛，拔出手指，鲜血立时从指尖涌出。同事用毛巾帮我包住伤口，带我去向台湾老板汇报。老板竟然连眼皮都没抬一下。最后，还是厂里送货的司机看情况不妙，自作主张将我送往附近的石龙医院。

那段养伤的日子，我整天窝在集体宿舍里，只在到了饭点时才下楼去打饭。听同事们兴高采烈聊工作中的事，聊厂里新来的漂亮女同事，聊街对面刚开张的重庆火锅店……我感觉自己像一个局外人，被整个世界彻底抛弃。给家里打了几个电话，母亲的身体也不是太好，我不敢提自己受伤的事情。一个人在遥远的南方，也不好惊动千里之外的朋友。就这样，我一个人咬牙默默坚持。

一天，我在宿舍顶楼天台晒太阳，发现有个漂亮的女生托腮发呆。原来，她就是新来的女同事，模样甜甜的，跟刚出道时的林心如很像。她告诉我，她叫朱珠，因为特殊的原因请假一天。看着我包扎的手和失落的表情，朱珠很温柔地说：“不开心时，找个安静的地方流泪也是不错的，谁不会觉得累和苦呢？我们要懂得释放自己的压力。”听朱珠这么一说，我的泪水止不住掉下来。

朱珠扭过头，看着远方的楼宇和村庄，直到我最后平复了情绪，才回过头来。

谁都有压力，累的时候喊累，苦的时候叫苦，虽然不能彻底减压，却可以让我们不畏艰难、从容前进。

你若不坚强，谁替你勇敢

去张家界旅行，一定要去走走天门山玻璃栈道，那种提心吊胆又疯狂刺激的感受，怕是一辈子都难以忘怀。

有一次，我和作家方八另结伴前往。对于有严重恐高症的我来说，走天门山玻璃栈道简直是一项不可能完成的任务。要知道，平常我就算走个过街天桥都会腿软，在轻轨站台总是心慌慌的感觉。可是，方八另却说："不到长城非好汉，不走玻璃栈道等于没来张家界。"还不等我紧张犹豫，方八另就将我"送"上了玻璃栈道。踩在光溜溜的玻璃之上，脚下是让人眩晕的万丈深渊，玻璃栈道的另一边是那么遥远，让我陷入绝望之中。若不是朋友当前，我肯定会大呼小叫甚至会吓到飙泪。

我蜷缩着在玻璃栈道上，一动也不敢动。

这时，一个美女走上来对我说：“既然上了玻璃栈道，你哭着、跪着也要走完它。你若不坚强，谁替你勇敢，加油吧，帅哥！”

美女的这两句话鼓励了我。想想也是，既然来了就勇敢搏一次。

我站起身，哪怕腿还在发抖，但我还是咬着牙看着正前方，把目光锁定到美女的脸上。虽然我们素昧平生，但是美女却耐心地等着我。

我如履薄冰地在玻璃栈道上挪步。

时间仿佛过去了一个世纪，时钟却只转动了四分之一圈。成功走完全程的我像完成了一项壮举狂喜自豪。美女与我击掌相庆，并对我说：“我曾经也恐高，但是一直逼自己挑战，这已经是我第三次穿越天门山玻璃栈道了。我现在不仅战胜了恐高症，而且在工作和生活中也勇敢多了，因为我知道勇敢是自己的事，坚强也是自己的事。”

有一段时间，我失恋了，曾经亲密无间的恋人说走就走，在人海里再也看不到她的身影。我除了不停地写诗，再就是不停地喝酒，日子有说不出的颓废。有一次，醉酒的我竟然和邻居发生了摩擦，砸坏了对方的电脑显示器。事后，我自知理亏，提了很多水果和零食登门去谢罪，赔了对方一台新显示器。结果，邻居给我讲了他的故事。

邻居是一间化工厂的老板，其实在办化工厂之前，他开过一间无纺布厂，在“非典”期间小赚了一笔钱，完成了第一次的原始积累。在生意最好的时候，他和合伙人闹起了矛盾，最后谁也没争到厂子的主导权。更让人唏嘘的是，在行业前景一片大好的当头，他们竟然将厂子关掉了。这简直是财富和朋友双线崩溃，美好的人生从坦途一不小心掉进泥潭。邻居跟我不同，不酗酒，却嗜赌，几个月输光了几年开厂赚的钱。

从一无所有，再到一无所有，邻居反而轻松了。他觉得过去的再怎么追也追不回，而明天的路却还在自己脚下。“你若不坚强，谁替你勇敢”，一句简简单单的话，一句很多人都听过的话，却给了邻居无穷的力量。他像许多年轻的打工仔一样，从底层的工作做起，甚至连周末也在加班加点，别人不愿意干的活他抢着干，别人能干的事他力求做到最好。后来，邻居进入了化工行业，结识了几个不错的朋友，先是帮助朋友开厂，渐渐地，发展到自己开厂。

成功其实就是水到渠成的过程，但是一路上的风雨和挫折，却是谁也躲不过的。所以，人生征途上，我们只能指望自己帮自己坚强，勇气从来都不是别人给予的，而是来自我们自己，来自心的力量。如果你不坚强，没有人帮你坚强，那些贯穿生命的勇敢，也不是凭空茁壮的植物。勇敢来源于我们强大的内心，来源于低潮时光的默默坚持，来源于打不碎击不倒的顽强。

如果想去远方就出发，想为自己拼一个未来就奋斗，想让自己的人生变得与众不同，那就带着坚强、带着勇敢去争、去闯、去搏。

加法幸福，减法烦恼

幸福与烦恼，就像是我们生命中如影相随的两个小伙伴，从来都不会远离我们的世界。可是，如何面对幸福，又如何面对烦恼，却是值得我们毕生思考的课题。

母亲在世时，经历了很多的苦难，尤其是在童年，缺衣少食吃不饱，整个人瘦得像一张纸片。母亲上过学，但是只上了几个月（小学一年级没读完）。

后来，母亲嫁给父亲，日子过得紧巴巴的，而且总是大吵三六九，小吵二五八。可是，母亲却常常说自己是个幸福的人。

母亲说："童年时吃过的美食，是天底下最好吃的美食，总记得一家人分吃一块小月饼，那场面虽然寒酸得要命却也幸福得要命。每天趴着窗台，看着家里的男孩子去念书，也是一件幸福的事情，等他们放学了就会缠着他们问东问西。至于婚姻，只要用心总能感受美好，吵吵闹闹也蕴藏幸福。”

不难看出，母亲并不是一直都很幸福，或者说她拥有的都是很小的幸福。但是，懂得给幸福做加法的人，却总能串起不经意的小幸福，甚至是苦中作乐的幸福。

幸福加幸福，幸福的分量就会越来越重，幸福的感受也会越来越深，幸福慢慢就成为我们的行囊；幸福加幸福，那些稍纵即逝的幸福，就会留在岁月的脉络里，让我们苍白的日子开始发光；幸福加幸福，这不是简简单单的加法，这是幸福的加强版和升级版，这是幸福走向远处和深处的号角。

说到生活里的幸福，也不得不提到扑面而来的烦恼。我有个小老乡，从一所普通的高校毕业后就投入社会大舞台。我每次见到他，他总是眉头紧锁，仿佛暴风雨到来前的天空。

有一次，我问他：“你到底在烦些什么？”

他说：“我租的房子太小了，每天用洗手间都要排队；我想去一趟九寨沟，可是没有假期也没有钱；我想约女孩子去吃大餐，总不至于去找哥们儿借个千儿八百；我一直努力工作，却成不了有钱人……”

听他说完，我笑着说：“想不到，你竟然有这么多烦恼。其实，你的烦恼归根结底，就是努力工作赚不到钱，其他的，不管是住房、旅游或恋爱的烦恼，都是因为囊中羞涩。你现在把其他的烦恼都减掉，只专注于努力工作赚钱，那么你就只有一个烦恼，搞定一个烦恼无疑就容易得多。”

和小老乡交流后，我就很少再看到他心事重重的样子。原来，他换了一份更具挑战性的工作，每天忙得团团转脚不歇地的。见到我，他不再向我抱怨这抱怨那，而是兴奋地说：“路哥，用你的说法，我减掉了大部分的烦恼。我不再是负重前行的旅者，而是轻装上阵的潇洒勇士。”

很多困在现实中无法自拔的人，常常是背负着很多很多压力的人，最终甚至被压力压弯了腰。其实，笑也是过一天，愁也是过一天，懂得爱自己的人，一定会选择灿烂地走过每日的昼夜晨昏。

烦恼减烦恼，大烦恼就会变成小烦恼，小烦恼会变成没烦恼；烦恼减烦恼，我们会发现，一些忧心忡忡的大事，其实只是风轻云淡的小事；烦恼减烦恼，其实也是给心灵减负的做法，只有最轻松的心灵才能飞跃最高的云端。

加法幸福，减法烦恼，一进一出，不仅让生活总是充满阳光，更开启了人生的大格局。

爱上自己的不完美

朋友小臣是个有名的整形科医生，他接触过许许多多爱美的女生，有的女生找他抽脂减肥，有的找他隆鼻隆胸，还有的甚至找他接骨增高。小臣有些自豪地说：“经我的妙手，许多姿色平庸的女子，转眼就成了吸睛的大美女。”

康静是小臣的大学同学，肤白貌美、身材高挑、凹凸有致。可是，康静的牙齿不整齐，一张嘴，几颗不规则的虎牙让人看上去总觉得有些怪怪的。好几次，小臣都对康静说：“我们医院有个很厉害的牙科医生，要不我介绍你去做个牙齿的整形手术吧？”康静每次都摇摇头说：“不用了，真的不用麻烦了。”小臣却急得不行，说：“好的形象会给你的人生加分，要不你的整形手术费用算我的，我只希望自己的朋友有一口好牙而已。”话都说到这个份上，康静貌似没有继续拒绝的理由，谁又不希望自己变得更完美呢？

可是，康静仍然平静地说：“我并不觉得虎牙难看，单位好几个男生就爱我的虎牙。明星小花佟丽娅也长了虎牙，不仅明星老公陈思诚爱她，粉丝们对她也是爱得不行。退一步说，就算我的虎牙真的难看，我也不想改变。我们要欣赏自己美好的一面，也应该正视自己不完美的一面。很多时候，不完美并不一定就是大大的缺憾，瑕疵有时候也可能是闪光点，就像女孩脸上的雀斑可能不美观，也可能像跳动的音符一般可爱。”

康静的话不仅震动了小臣，也震动了在一边的我。

很多时候，我们就是对自己要求太高，总懊恼自己这里不完美、那里不完美，甚至背负了巨大的心理包袱。可是，完美往往是可望而不可即的，人生本来就是遗憾和美好交织的，有遗憾的一面就有美好的一面。

另外，我们的完美多是别人的判断，比如康静的几颗虎牙，小臣认为是不完美的所在。其实，完美不完美，从来都不是绝对的，漂亮的女生没有模板，谁才是女神也没有标准答案。有时候，我们应该学会不理闲言碎语，好好地体会自己最真实的感觉，好或不好总会有自己的答案。

我有很多爱写诗的朋友。诗歌有非常多的流派，一个流派甚至就是一个圈子。诗歌的圈子，有点儿像游乐园的碰碰车，彼此之间是不断碰撞的过程，接纳是一件很困难的事情。就像余秀华的诗歌爆红后，还是有很多诗人不待见她，觉得她的诗歌有很多问题，需要提高的地方太多太多。

有个诗人朋友，跟余秀华一样也是农民，当然诗歌的风格是完全不同的。很多诗人都批评他说："你总是将自己关在狭小的世界里，你的诗歌的格局也变得很小很小，诗句里只有那个不值一提的小我，却忽略了最不可或缺的大我。"这个朋友不以为然地说："我手写我心，我从来都不追求完美，也不追求登什么大雅之堂。只要在写诗的我是快乐的，我想我就会继续写下去，因为这就是我要的状态。"

慢慢地，论坛喜欢他的诗歌的网友越来越多，甚至有网友为了他自发组织朗诵会。同时，一些爱才的领导和诗人也推荐他的作品。就这样，他的诗陆续发表在一些主流的纯文学杂志和《诗刊》上，虽然他依旧是个小诗人，但毕竟诗是越写越好了。后来，他获得了论坛颁发的诗歌大奖，还得到资助出版了一本诗集。诗集首发式，有记者问他："关于写诗，你最大的心得是什么？"他想了想，说："我觉得是爱上自己的不完美。我知道自己是不完美的，但是我没有想过变得和别人一模一样。"

对于一个写作者来说，其实和别人不一样就是一种成功，不完美看上去是一种缺陷，其实更是一种不可取代的、独一无二的魅力。

爱上自己的不完美，绝对不是一种破罐子破摔的随意，而是一种认真审视后的从容；爱上自己的不完美，也不是一种退而求其次的策略，而是寻找更适合自己的状态；爱上自己的不完美，当然更不是一种自欺欺人的愚蠢，而是对人生具有前瞻性的智慧表现。

简而言之，爱上自己的不完美，就是比别人多爱自己一点儿，对自己多一点儿关照，多一点儿信心和勇气。

跌倒后，抓把沙子再起身

说到知名演员黄渤，他以前可不是拍电影的，而是地地道道的歌手。当然，和许多年轻的歌手一样，黄渤也是从跑场子开始起步的。那个时候，黄渤还只是一个高中学生，就经常受邀到青岛的各酒吧演出。黄渤的唱功很不错，不过，由于长相差，经常被泡吧的人起哄："喂！上面的丑八怪你还是别唱了，看着你，我连喝酒的心思都没了。"

不服输的黄渤和音乐小伙伴组了一个叫"蓝色风沙"的乐队。这个乐队开始在全国演出，也获得了不少观众的喜爱和支持。可是，黄渤的长相依旧是一大困扰，哪怕他依旧是乐队里唱得最好的，还是无法回避地成了"短板"。有一次，一位主持人直言不讳地说：“渤哥，我觉得你真的不适合做歌手，倒是可以凭自己独特的长相，去影视圈好好地搏一回。”这是个有一点点带刺的建议，但黄渤并没有不悦的表示。之后，黄渤认真地考虑了主持人的建议。

后来，黄渤参演了管虎的电影《上车，走吧》，这是黄渤歌坛挫败后的第一部影视作品。再后来，黄渤凭借新锐导演宁浩的《疯狂的石头》一举成名。随着参演的好作品越来越多，黄渤的名气和影响力日益增长，成为当之无愧的一线演艺明星。

有一次，有记者采访黄渤。说到自己的奋斗历程，黄渤非常认真地说：“每个人都会经历跌倒，有的人跌倒后赖在地上不起身，有的跌倒后哭着鼻子起身。我想，跌倒了不能白跌倒，哪怕抓几把沙子也是好的。我弄丢了歌手的梦，我拾起了演员的生涯。跌倒不是什么可怕的事，可怕的是我们的怯弱和放弃。”

的确如此，人生就是一个跌跌撞撞的过程，我们不知道自己会迷失在哪个路口，也不知道在哪段上坡路会跌倒。然而，跌倒不要紧，就像郑智化在歌里唱的那样，“风雨中这点痛算什么，擦干泪，不要怕，至少我们还有梦”。跌倒后，抓把沙子再起身，就像远航的水手经历了意想不到的挫折，也仍然不忘抓住自己未竟的梦想。

生活不嫌弃举步维艰的人，但生活看不起不思进取的人。人生路上，我们会跌倒，会遭遇失败，但我们不能白白跌倒，白白失败，我们要从跌倒中学会反思，从失败中找到开启成功之门的钥匙。

相信自己，没有到不了的远方

那一年，爱人还只是女友，我们刚刚开始拍拖。坦白说，彼时的我颜值还是挺高的，唯一的不利因素就是啤酒肚已然开始“崛起”，脸部也开始堆积一些赘肉。女友总是轻声叮嘱：“亲爱的，你不能再胖下去了。胖下去有碍观瞻还只是小事，影响了自己身体健康麻烦就大了。”女友给我制定了每天晨跑10千米的计划，我吐了吐舌头说：“每天10千米，这根本是不可能完成的任务。”

一天傍晚，我和女友逛街，她突然提出走到汉口去。

“从武昌走到汉口？”我大声说，“你是不是疯了？”

从武昌到汉口，公交车要一个多小时，别说是走过去，在公交车上站一路都累得不行。可是，女友嘟着嘴巴说：“反正我要步行到汉口，你要不要跟我一起，那就看你有多爱我了。”

话已至此，我只好开动双腿走下去。

坦白说，一路走、一路聊的感觉还是挺不错的。那些平日在车窗外掠过的风景，突然显得那么亲近、那么可爱。当我们终于抵达灯火阑珊的汉正街，接着又站在武汉关的大钟之下的时候，顿时有一种登山运动员登顶般的兴奋和骄傲。

女友说：“看到没？你认为从武昌走到汉口是疯了，其实只要愿意相信你自己，就会发现看似疯狂的事情并不疯狂，很远的远方并不是真的遥远。”

女友的用意很明显：连从武昌走到汉口都办到了，区区每天 10 千米的晨跑，更不成问题。

于是，我开始认真执行女友为我制定的晨跑计划。

大半年过去了，不仅每天晨跑 10 千米完成了，而且我的啤酒肚也消了下去，体重下降了二十多斤。

有些事，我们总觉得自己没法完成，把难度想象得无法逾越。其实，这只是我们缺乏信心的表现。只要相信自己，只要愿意努力，没有办不到的事情，没有到不了的远方。

再不愉快的日子也会过去

生活中，最让我们气愤和难以接受的事情，肯定是被自己最亲近的人背叛。很多时候，我们总是希望这样的事情不要发生在自己身上，可是有时候霉运总会这样不请自来。

在大学时，霍顿就是校文学社的社长，副社长是霍顿的最要好的同学和发小——阳。那几年，他们一起组织文学社的活动，编辑文学社半年一期的社刊，和同城其他高校文学社联谊。后来，霍顿开始和浙江女孩伊莲交往。伊莲身材高挑、笑容迷人，让霍顿为之着迷。一有空，霍顿就会带着伊莲去逛街、看电影或者游山玩水。很多时候，霍顿还会叫上没有女朋友的阳，而阳也不在意做霍顿和伊莲的“电灯泡”。于是，三人行的次数越来越多，甚至有人提醒霍顿“看好你的女朋友和兄弟”，霍顿却毫不在意地说：“他们都是我最亲近的人。”

就算流言满天飞，霍顿依旧是那么信任伊莲和阳。后来，霍顿、阳和伊莲都毕业了，留在这座城市继续生活，还是保持三人行的节奏。

一次，霍顿的学弟火急火燎拽住他直奔一间连锁经济型酒店。学弟一脚踹开酒店房间的门，里面是衣衫不整的伊莲和阳。任何解释都是苍白的，霍顿狠狠地揍了阳一顿，然后头也不回地离开了。

学弟在小酒馆陪霍顿喝酒，霍顿醉得不省人事，嘟哝着：“想不到，想不到，竟然被最亲近的人耍了。”学弟把霍顿送回住处，出于关心和担忧，整整守护了一夜。直到天亮，学弟才离开，还大声地说：“哥们儿，别东想西想，一切都会过去的。”

学弟和霍顿后来在一次聚会中碰了面。聚会中，霍顿喜笑颜开，完全不像刚刚深受打击的人。学弟小心翼翼地问：“学长，你到底是强颜欢笑呢，还是真的忘了之前的事？”霍顿很平静地说：“不敢说我真的忘了，但是情绪真的平复了，我不再痛恨和气恼。错的是我最亲近的两个人，他们辜负了我的信任和尊重，应该有心理负担的是他们，而不是没有犯错的我。日子总是朝前走的，没有谁能停留在过去的某一天，也真的没有必要停在某一天。”

的确如此，再不愉快的事情总有过去的一天，没有什么困难和烦恼是永恒的。我们应该笑着面对那些不愉快的事情，潇洒从容地转身，迎接前方不远处的美好。

快乐
是一种能力

Chapter 第六章

快乐是人生的超能力，快乐来自我们的内心，当我们的内心开始变得强大，我们就可以少一些对生活的畏惧，多一些对人生的希望，快乐的到来也就水到渠成了。爱自己，就让自己快乐，就算没有人施以援手，我们也可以迎风奔跑，奔向梦想的最远处。

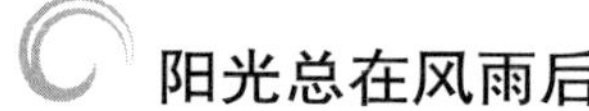

阳光总在风雨后

那段日子，整个城市都浸泡在雨水中，大雨之后是小雨，小雨之后是大雨，雨水就像忘了拧紧的水龙头，一天到晚都在流个不停。爱人一直在抱怨：“衣服都干不了，地板好像都在冒着水。”可是，老天根本听不见她的抱怨，而听得见抱怨的我，也没有好的应对办法。后来，虽然网购了一部除湿机，家里的湿气没那么重了，但是每每看着窗外的大雨小雨不断，爱人脸上依旧是烦躁不已的表情。爱人在朋友圈说：“我的城市掉进了水里，阳光已经失踪很久很久，而我的心情也潮湿了很久很久。”我安慰她：“阳光总在风雨后，再长的雨季也总有结束的时候。”

那场雨下了差不多一个半月的时间，但是在我们的印象中雨下得更久，久得雨真的停了，太阳终于出来了，我们却像做了一场很深很深的梦。我和爱人走在久雨之后的街道上，树叶散发着一种非常好闻的味道。大片大片的阳光落下来，落在街道大厦的玻璃幕墙上，落在横贯城市的河流上，落在行色匆匆的路人的肩膀上，也落在阳台上晾晒的衣物上。爱人眯着眼、扬着头、靠着我的肩，非常沉醉地享受着阳光。我笑着说："我说过了嘛，阳光总在风雨后，你看阳光还是原来的阳光，却因为它躲在风雨之后，现在显得格外珍贵，格外美好。"

我有个同乡，他初创业时，交完三个月房租，口袋里竟然只剩八百元。本来，他想租一间夜市的摊位，卖些袜子、鞋垫之类的小东西。可是，他手中的八百元如果交了夜市租金就没钱进货了，如果没有货就连张都开不了。无奈之下，他只能在夜市以外的地方摆摊，一边要张罗着小摊的生意，一边要留神别被城管逮个正着。生意并不是特别好，再加上精神上的紧张，这让他过得很不开心。虽然，几个同乡聚会时他从来都不说自己的烦恼，但是明显感觉得到他承受了巨大的压力。

没多久，他认识一个摆摊的女生，两个人擦出了爱的火花。而恋情开始的同时，他们开始盘算着开一间卖小东西的店。很快，店开在一所高校的后街，每天都有很多学生来逛，生意好得应接不暇。接着，他们请了两个大学女生兼职，而且店里也开始实行会员制，生意立即再上一个台阶。好几回，他都叫我们过去相聚，请我们吃油焖大虾或四川火锅，还塞一些家乡特产或时令水果，让我们带回来吃。

看着他们的日子从艰难到顺遂，从仿佛看不到太阳的风雨天，转而开始变得阳光灿烂，我是打心底为他们高兴。其实，谁的日子不都是苦一阵，甜一阵，苦日子过完了才有甜日子，苦尽甘来的滋味也是最让人珍惜和感动的。有时候，苦的日子特别长，就像雨季特别长，我们真的不要轻易地陷入绝望，雨季总会过去，苦日子总会过去，希望总会雨过天晴般带给我们前进的勇气和力量。

我在报社工作时，有个同事一连几周都没有新闻见报，不是他采写的新闻领导不签字，就是他匆匆赶到现场却找不到当事人。到了周末，别的记者采写的新闻被评分，有高有低，可是他却像个交了白卷的学生，让所有人看尽了笑话。他开始怀疑自己到底适不适合做记者，是不是应该去做别的工作，或者索性卷铺盖回老家。可是，报社老总并没有放弃他，鼓励他坚持下来，说挫折就像不期而至的雨，再大的雨也会有停的时候。

度过了那段艰难的时光，他采写的新闻开始见报，而且他还经常能拿到独家新闻。后来，报社响应读者的建议，给他开辟了新闻采访专栏——这在当时的报业来说，属于非常罕见的做法。

在一次新闻评奖活动中，他的获奖感言是这样的：“我真的要谢谢自己的坚持，正因为我的坚持，让我在漫天的风雨之中，终于等到了阳光。阳光总在风雨之后，但太多的人被风雨吓倒，而胜利却属于穿越风雨、走向阳光的人。”

“人生像海上的波浪，有时起有时落”，不如意时也应该学会快乐，因为阳光总在风雨后，与其忧愁地漫步风雨中，不如在风雨中快乐等天晴。

不为逝去的昨天担忧

那年夏天，我 18 岁，认识一群聊得来的朋友。我们有事没事都聚在一起聊天，晚上就在路边的烧烤摊吃羊肉串、烤面筋和臭干子，冰冻啤酒一杯接一杯喝不停。其实，我的酒量并不怎么样，喝多了，整个人都会飘忽忽的。幸运的是，喝了好几次酒，我都没闯什么祸，只不过睡得很沉罢了。

一天晚上，我兴致特别高，喝得比平时任何一天都多，回到住处时，整个人都左摇右晃的。第二天醒来，已经是下午两点多，关于昨天的记忆都很模糊。突然，有一个画面浮现出来——喝醉酒的我拿着一块残破的瓦片，划了某小区围墙外停着的一排车，瓦片划过车辆的声音仿佛仍听得见。我担心地给朋友打电话：“我好像闯大祸了，昨天划了很多车……”挂了电话，我还去昨天喝酒的烧烤摊周边去寻找。周边根本没有一辆被划过的车。可是，我回到家中依旧一副忐忑不安的样子，生怕别人找上门自己却没钱赔给人家。后来，有个哥们儿打电话劝我：“你这完全是杞人忧天，没有人知道你说的事昨天到底发生没发生过。如果的确发生了，你想躲也躲不过，担心也没用；如果没有发生，你白担心又是何必？”

根本没人来找我索赔。我终于明白，昨天确实真的什么也没发生，而我的担忧完完全全是多余的。

很多时候，昨天发生过什么事，或者昨天的过错会引爆什么样的结果，这都是无法预估和控制的。所以，担忧解决不了任何问题，倒不如轻松地放下昨天的种种，就算会有什么挫折和麻烦袭来，也可以用平常心去对待。

有一次，我的邻居小艾参加建筑师考试，他此前已经通过了大部分科目，唯独最后一门专业知识考试挂科几次。按照有关规定，小艾如果这一次专业知识不过关，他之前参加的其他科目的成绩也将作废。换言之，下一次，小艾不仅要攻专业知识，所有已经考过的科目也得重来一次。考完后，小艾脸色凝重地回到了小区，到底考得好不好，一时间真的很难判断。

第二天是小区业主自发举行的聚会，大家想趁这个机会联络一下感情。有几个邻居想联系小艾，但是又顾虑小艾没心情参加，不知道是请他好还是不请他好。等到聚会的时间到了，我们竟然发现小艾早已到来，而且脸上挂着春风般的笑容。我忍不住问小艾："昨天的考试到底怎么样？是不是有了十足的把握？"没想到小艾却说："说实话，我感觉考得不咋地，及格不及格都是有可能的。"这时，有邻居就说了："小艾，你的心还真是够宽的，考得不好还有心思来参加聚会？"小艾不以为然地说："我为什么要为昨天的考试担忧？既然考了总会有一个结果出来，想或者不想都不会改变结果，我不如在应该聚会时聚会，应该开心的时候开心。"

过了一段时间，小艾考试的结果真的出来，竟然只差一分就及格！如此一来，小艾之前所有的努力都清零，他必须从头开始把所有的科目再考一遍。可以说，这对于小艾来说是一个非常沉重的打击。我们在小区遇到他，他总是耷拉着脑袋，也不像以前笑嘻嘻的样子，脸色就像是大雨将至的天空。当有年长的邻居问小艾：“时至今日，你有没有后悔自己曾经的满不在乎？”小艾一本正经地说：“您错了，我从来都没有满不在乎，就像备考我是全力以赴的，考不考得过这也不是我可以决定的。至于考完后的不担忧，并不是我不在意结果，只是过分的担忧也无济于事。不过，现在结果出来了，我虽然不再为昨天去担忧，但是一定会为明天加油。”

昨天已然逝去，没有谁可以追回光阴，就算昨天犯下了这样那样的错，今天的担忧也无补于事。所以，我们不必为打翻的牛奶哭泣，不必为逝去的昨天担忧，向前看，向前走，全力以赴去迎接未知的明天。

与积极乐观的人交朋友

最近，小莫去了一家欧洲公司上班，公司里一半中国人一半外国人。工作的时候，大家都热情满满的，没有人开小差，更没有人躲在洗手间抽烟，或者在茶水间嚼槟榔。闲暇时，大家总能找到共同的话题，聊着聊着，笑声几乎要掀翻办公室的天花板。外方经理乔约翰说：“生活或许有不如意的地方，但是我们应该笑着面对，和积极乐观的人在一起，自己也会变得积极乐观。”

的确是这样。

有一段时间，我在一间公司跑业务，带我的是同事大宋。听说大宋来公司多年了，业绩虽然不是数一数二，但也可圈可点。公司的例会上，销售的状元、探花或榜眼会时不时分享自己的经验。坦白说，那些经验听得我云里雾里，等我自己去接洽业务时，却发现根本都用不上。大宋总是笑着跟我说：“不要听他们故弄玄虚的理论，每个人的成功都不可以复制。我们可以做的就是开开心心、乐乐呵呵去推销，相信没有哪个客户不喜欢和积极乐观的人交流。至于最终客户选不选我们的产品，只要我们尽力也就问心无愧。”

不难看出，大宋在销售上能够持续保持好业绩，得益于他身上体现出的那份积极乐观。因为，和客户谈判是商业的碰撞，也是心的碰撞，更多的人自然愿意和积极乐观的人交流。

交朋友也是同样的道理。

我们不能随意选择自己的职业，但是绝对可以选择和什么样的人做朋友。有的人就像是绚烂的阳光，而有的人却像阴霾的天空。选择有活力的朋友还是选择爱抱怨的朋友，这是毫无悬念的事情。

当我们习惯了和积极乐观的人交朋友，当越来越多的阳光洒进我们的心底，我们也会成为一个积极乐观的人，我们也会给他人带去阳光。当这个世界越来越多的人积极乐观，越来越多的人阳光满面，那么我们的日子就会越来越美好。

请记住：找到幸福有很多不同的渠道，而与积极乐观的人交朋友是渠道之一。

自黑也是一种智慧

娱乐访谈节目中，某男星接受主持人的采访，问到关于他的家庭生活的种种。说到自己的家庭地位，男星笑着说："我们家，儿子第一位，老婆第二位，博美犬第三位，而我第四位。"联想到他在影视作品中的硬汉形象，我们很难想象，他的家庭地位竟然如此之低。

在一个幸福的家庭里，其实并没有"权力榜"一说，谁的地位高谁的地位低，顶多只是玩笑之说而已。很多男人，总喜欢在人前人后说："我们家什么都是我说了算！"

"老婆温顺，孩子也特别听我的话。"

"当今世上谁怕谁，谁怕老婆谁倒霉。"

…………

可是，家庭是一个整体，最美好的是幸福和谐，而不是谁输谁赢，赢了地位没准就输了幸福，这样的赢倒不如不要好了。

还有一些人，挂在嘴边的是："我绝对服从老婆的领导！"

"老婆的智商远远高于我！"

"我有点儿崇拜我的女儿。"

…………

听上去好像地位特别低，甚至到了让人同情的程度。其实，要知道，自黑也是一种智慧，拔高家人、贬低自己，我们并不会失去任何东西，反倒因为自黑会传递满满的爱，从而获得更多的支持和赞许。

这些年，春晚的关注度越来越低，相声和小品的观众流失严重。当然，这跟时代的发展有一定关系，大家的娱乐方式日益丰富。除此之外，还有一个原因：许多的相声和小品都热衷拿人开涮，甚至以取笑某些特定群体为乐。久而久之，如此这般不怀好意地讥讽，慢慢就招致观众的反感，以致节目的关注度降低。要知道，受观众欢迎的喜剧演员，他不是拿别人开涮，而是不惜拿自己开涮以让观众开心。

著名演员黄渤曾经跟我们分享过两个故事。

有一次，他在机场遇到了一个粉丝跟他套近乎，他也非常热情地和粉丝打招呼、寒暄。可是，聊着聊着，他才知道，对方把他当成了《天下无贼》里的“傻根”——王宝强。和粉丝合完影、签完名，为了不让粉丝太过尴尬，他机智地签下了“王宝强”三个字。

而他讲的另外一个故事，是他跟林志玲拍摄《101次求婚》后，在首映礼的现场，竟然响起了此起彼伏的哀号——“不要啊！”“我去！”“天哪！”……原来，观众们很心疼林志玲，很不愿意接受美女与野兽的组合。

显然，黄渤完全可以不讲这些“丢人”的细节，比如聊一聊和其他粉丝的温情故事，或者说说自己后来在《极限挑战》中成功抱得美人归的故事……这样会显得高大上、有面子。不过，黄渤是坦诚的，坦诚得有一点儿可爱，又有一点儿傻，竟然不惜自己砸起了自己的锅。然而，当这些糗事从当事人的嘴巴里说出来，说实话，观众并不会真的看低黄渤，反而因为他的这份坦率越发喜欢他。

反观娱乐圈某些明星，总是着力于打造自己完美偶像的形象，仿佛自己是不食人间烟火的神仙，整个人完美得没有半点儿瑕疵。然而，当完美的形象维系得太久，也难免会露出这样那样的破绽。如果偶像出现了和形象不符的举动，那么粉丝的反应就会格外强烈，甚至会出现大范围“移情别恋”的情况。

生活中，我们也都爱对外展示自己美好、坚强和成功的一面。可是，生活不总是一帆风顺的，我们总会有受挫折或者表现不好的时候，刻意地隐藏不仅会让自己很累，也会让别人失去对我们的信任。我们有权利展现自己骄傲的脸、从容的步伐和胜利的果实，但是我们应该知道这不是全部的自己，也不是绝对真实的自己。有勇气向全世界展现自己的短板，或者把一些糟糕的经验分享出去，这样不仅不会被周遭的人看不起，反而会因为我们勇于反省,让自己从不可回避的“黑局面”转入“金光大道”。

其实，没有谁比我们自己更了解自己，自黑并不是一种自暴自弃的选择，更不是一种缴械投降的做法。自黑，表面上看有一些示弱的意味，其实自黑是和自己的和平相处，自黑又是和别人的勇敢沟通。自黑之后，别人乐了，自己也乐了，根本没有什么丢面子的成分。

自黑，适度的智慧，绝对是人生的大智慧，让自己更好地生活，更好地爱自己，也更好地走向绚烂的明天。

你微笑，世界也对你微笑

阿颖从澳大利亚留学归来，本以为凭着海归的身份，可以找一份高薪又舒适的工作。可是，求职信递了一封又一封，根本没有谁联络她。后来，她只好降低职位和薪酬的要求，开始给一些不那么知名的企业投简历。没多久，阿颖拥有了一份工作，薪水和别的人差不多，并没有因为留学经历而有所区别。

阿颖穿着以前在国外买的潮服，每天和大多数人一样挤着地铁上下班。有时候，周末也要去公司加班，不加班的时候，她就关在家里足不出户。

有一天，阿颖跟我说："路哥，我过得一点儿都不开心，好像全世界都跟我板着脸。"

我笑着说："在职场，其实大家都很忙，没有谁特别给你脸色看。如果你想和同事友好相处，你不妨先试着对他们微笑，主动展现你的真诚和友好。"

阿颖有些不服气地说："在澳大利亚的时候，每当走在街上，总会有陌生的外国人笑着跟我打招呼，而我也总会笑着回应他们。可如今，我走到哪里，看到的陌生人都板着脸，给人一种生人勿近的感觉。"

我很平静地说："中国人普遍比外国人含蓄，不跟陌生人微笑其实只是内敛，并不是要摆脸色给谁看。"

说完，我拉着阿颖来到了人来人往的步行街。

阿颖不明就里，问我："你现在带我逛街做什么？我可没有心思陪你逛街。"

我笑着说："今天，我们来做一回主动的人，试着向擦肩而过的每个人微笑，看看他们什么反应。"阿颖有一些抗拒，但在我的一再鼓励下，终于答应跟我试一试。

很快过来了一个高中生模样的女孩，我向她微笑和挥手，她愣了愣，也跟我微笑和挥手。当阿颖跟她微笑和挥手时，女孩还特地走过来说："姐姐，你笑起来的样子真的很可爱。"

接着，阿颖对一个擦肩而过的老人微笑，老人也很自然地向她微笑。有一对外国情侣远远走来，阿颖对着他们微笑，外国情侣不仅脸上笑开了花，而且还向我们这边走过来。

外国情侣中的男生用英语跟我们说："在中国，我们很少看到有人对着陌生人微笑。其实，微笑是最美丽的语言，微笑的人总能收获微笑，封锁内心只会让自己孤单。"

事后，阿颖感慨道："原来，热情的人不仅外国有，中国也有，只是中国人大都不喜欢主动罢了。"再后来，我看到阿颖不再是愁眉苦脸的模样，脸上总是挂着甜美而灿烂的笑容。她还在朋友圈里说："当你开始微笑，世界也会对你微笑，何必等别人先绽放笑容？"

微笑，只是一个很小很小的动作，但是它是来自心底最强大的力量。我们周遭人缘最好的人，常常不是最有才华或拥有最多财富的人，而是总把微笑挂在脸上的人。微笑就像是一缕春风，可以吹进每个人的心底；微笑又像是一场细雨，可以洗去每个人的疲惫；微笑更像是一场雪，可以覆盖每个人的忧愁。

世界就像是一面镜子，我们微笑，世界也向我们微笑。我们传递幸福，整个世界都感受幸福的味道；我们传递美好，整个世界也都美好得如一首诗；我们传递微笑，整个世界也会一起扬起了嘴角。

欢笑是最美妙的旋律

我们住在 21 栋 2 单元 301，小曼住在 21 栋 2 单元 302，是门对门的邻居。小曼是女儿小涵的小伙伴，她们有事没事都会腻在一起，不是小曼给小涵带来好吃的零食，就是小涵搬出自己的玩具和小曼分享。可是，最近，小曼总是情绪不高的样子，脸上挂着满满的忧愁。

我悄悄问小曼："小美女，到底怎么啦？平时不都是乐呵呵的吗？"

小曼低声说："最近，爸爸、妈妈不怎么讲话，家里的气氛冷飕飕的。我羡慕小涵，你们家总是欢声笑语不断，比朗朗演奏的钢琴曲还动人。"

仔细想来，小曼的话其实很有道理，欢笑是世上最美好的旋律，会让我们的心恬静而幸福。

我们常常不自觉就和忧愁为伴，或者为一点点事情就板起了脸。可是，人生本来应该是充满活力的，家庭也应该是充满欢笑的，人生和家庭的希望都在我们手中。如果可以，我们不要太计较，计较只会让我们的心变得狭窄，同时也会让我们的格局变得很小很小；如果可以，我们不要太在意跌倒后的痛，生命中难免会有一些不期而至的挫折，谁都会有跌倒的时候，但是跌倒不是人生的休止符，最后我们还是要笑着继续；如果可以，我们不要太难过，艰难的日子迟早都会过去，难过的日子也会成为历史，倒不如让自己更早地解脱。

“我的家就是我的城堡，每一砖一瓦用爱创造，家里人的微笑是我的财宝，等回家才知道自己真的重要。”刘德华的《回家真好》唱出了很多人的心声。不管是多么成功的人，没有什么比家、比家里的欢笑更让他欣慰和满足的。这也是许多明星最后宁愿退隐舞台回归家庭的原因。毕竟，再多的名利也没有心底的安宁和家庭的欢笑更值得珍惜和拥有。

在爱情的世界里，我们常常会抱怨，为什么美女都被丑男牵走了，为什么王子不能和公主在一起。其实，美女之所以选择丑男，无非是丑男能够让美女欢笑，不管是在宝马车上笑还是在单车后座笑。也就是说，美女看重的是能让自己欢笑、能让自己快乐的人，没有什么比心底的愉悦更让人心神向往的了。

说到爱自己，好好地关照自己，我们要做的是能欢笑就欢笑。很多年轻人喜欢要帅和装酷，然而帅或酷，并不应该和欢笑成为绝缘体。没有谁不喜欢愉快的表情，没有谁不喜欢爽朗的笑声，没有谁不喜欢欢笑的氛围。比起生活里的喧嚣，比起日子里的沉重，比起情绪上的起伏，欢笑是一种向上的力量。欢笑总能聚拢更多的人气，欢笑总能凝固更多快乐的片段，欢笑也总能让日子变得有趣味。

我有个同乡，拖家带口在城市里生活，租的是便宜的城中村的房子，每天只能吃菜场最便宜的菜，孩子念的也是农民工子弟学校。可是，我每次看到他们，他们都笑呵呵的，孩子们也总是一脸的欢笑。

有时候，我忍不住问同乡：“大哥，你还记得自己的梦想吗？”

他一脸认真地说："我的梦想是在这里有自己的房和车，还要带我的妻子、儿子和女儿去环游世界。"

我不解地说："你的梦想都很遥远，你好像满不在乎的样子。"

这时，同乡非常平静地说："虽然好日子还在前面，眼前也还有不少困难，但是这并不代表我和我的家人就该远离欢笑。欢笑就像是心底的歌，是那么强劲有力，是那么鼓舞人心，我们没有理由告别欢笑。"

同乡的话让我很受触动。的确像他说的，欢笑，是让自己的心接近美好的旋律，用最乐观的心去谱写最美的人生。

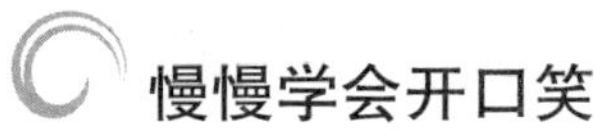

慢慢学会开口笑

初入职场时，我没有太多的工作经验，学历是公司里最低的，每天独来独往，自卑得像一株不起眼的小草，就算在路上遇到同事也不敢大声打招呼，顶多抿着嘴微微一笑。后来，有一天，有个同事直言不讳地说："小路，你为什么在路上见到我们连个招呼都不打？"本来，我想说我对他们微笑了，想想估计他们也没看见，只好歉意地朝对方又抿嘴笑了笑。

一次，我遇到本地电视台的主持人T。

T在本地的人缘特别好。我跟他聊到了自己的遭遇，他直截了当地说："你笑一个给我看看。"我习惯性地抿嘴一笑。他摇摇头说："你的笑没有诚意，我根本看不见你的牙齿。"

我有点儿不服气地说：“我又不是空姐，难道还要露八颗牙齿笑？”T一本正经地说：“没有谁管你露几颗牙齿，但是要笑就应该‘开口笑’。抿着嘴笑，第一，别人不一定能觉察到你的笑，第二，这样的笑少了些诚意。”

T的话让我茅塞顿开。后来，我再见到同事都会开口笑，同事也会对我开口笑。

的确，比起含蓄的笑，开口笑会让对方感受到我们最饱满的热情和善意。

我们没有办法马上学会更多技能，也没有办法很快实现自己的梦想，但是，我们可以从今天开始，从现在开始，慢慢学会开口笑。

开口笑不仅可以向他人传递快乐，还可以体验发自内心的愉悦和满足。

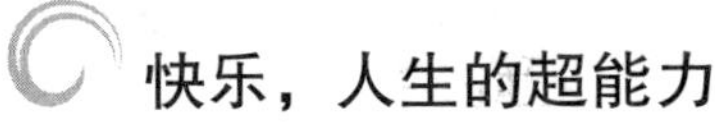

快乐，人生的超能力

小卢是江西美女，以前在北京一家文化公司上班，每个月拿一万多的薪水。当然，你可能说一万多的月薪不算什么，不过如果搁在10年前还是可以的。10年前，论坛还是很有人气的，大家有事没事泡在论坛里，发帖、回帖、看帖……精神生活还是相当充实的。慢慢地，小卢和湖北的大白聊上了，先是在论坛里无休止地交流，常常一个波澜不惊的主帖，总会引起小卢和大白接力赛般的回帖。久了，小卢和大白开始通过QQ交流，常常不知不觉就聊到午夜时分。那段时间，小卢是快乐的，和我们交流时，怎么也藏不住心底的幸福，忍不住和我们分享。

当虚拟的空间装不下满满的爱意，小卢和大白就开始坐火车碰面。碰面后，两个人的爱火烧得猎猎作响。尽管大白比小卢大了 13 岁，而且又长了一张显老的脸，小卢也毫不在乎。由于大白有一个分居 8 年的妻子，他要跟小卢在一起，首先就要解除和妻子的婚姻关系。

小卢跟大白说："我不要你的车子，不要你的房子，也不要你一分钱的存款，我只想和你开开心心在一起。"大白以净身出户的方式跟妻子离了婚。

两人在一起后，小卢用在北京赚的钱交了新房的首付，又花钱简简单单装修了一下房子。那段时间，小卢和大白的日子是艰难的，小卢不敢买几件漂亮的衣服，甚至连去菜市场买菜都会专挑便宜的买。可是，小卢总是快快乐乐的，出门哼着各种动人的旋律，回到家中，不是旋转着身体练芭蕾舞，就是在阳台上吊嗓子。

遗憾的是，大白并没能和小卢走过 10 年，他们在儿子 5 岁时协议离婚。儿子 6 岁时，大白又迎娶了一个更年轻的女子。本以为离婚时小卢会梨花带雨，毕竟她付出了最好的年华。然而，小卢根本就没有哭，平平静静地办了手续。大白再次举行婚礼时，小卢还送上一份超大的红包，还拍着大白的肩膀说：“你要好好爱你的娇妻，我这里可没你想吃的回头草。”

有人私下问小卢：“难道你一点儿都不恨大白？难道你一点儿都不难过？”

小卢笑着说：“人生悲伤也是过，快乐也是过，我愿意选择快乐。姻缘说来就来，说走就走，况且我跟大白还有共同的孩子，何必让仇恨弥漫呢？”

离婚后，小卢将更多的时间用于忙事业，孩子也由大白和大白的新妻子带着。大白的新妻子也生了个男孩，再加上大白和第一任妻子所生的儿子，大白家里有了三个男孩。小卢爱往大白家里跑，最初是因为自己的儿子在那。后来，因为和大白、大白的新妻子相处和睦，竟然有事没事就往那里跑。小卢还在朋友圈晒出她和大白的新妻子的合影，并附上文字说明：“前夫的妻子简称‘前妻’，你们看看我的‘前妻’美不美？”

快乐的人很少抱怨生活的不公，快乐的人很少计较别人的过失，快乐的人其实只是更懂得关照自己，让自己在喧闹的城市里过得安宁，在忙碌的日子里过得淡定，在没有希望的时候依旧不失信心。

德国作曲家理查德·瓦格纳说过，快乐不在于事情，而在于我们自己。

的确是这样，快乐是人生的超能力，快乐来自我们的内心，当我们的内心开始变得强大，我们就可以少一些对生活的畏惧，多一些对人生的希望，快乐的到来也就水到渠成了。爱自己，就让自己快乐，就算没有人施以援手，我们也可以迎风奔跑，奔向梦想的最远处。

现实
是梦想的出口

Chapter 第七章

梦想最终都要走向生活，所有浪漫的、不真实的、幼稚的想法，都会被生活打磨得闪闪发光。

梦想开启新的人生

很多年前，李咏主持的《非常 6 + 1》很受观众喜欢，我当时也经常看这档节目，甚至发短信说出自己的梦想，希望李咏能拨通我的电话。

我特别留意了一下，大部分幸运观众的梦想，价值在一千元到两千元之间。可是，有一次节目中一个小女孩说“希望得到一盆君子兰，送给生病的姥姥”。这无疑是该节目开办以来价值最小的梦想礼品。不仅节目主持人纳闷，现场的观众也觉得小女孩有点儿傻。最终，小女孩如愿砸开金蛋，实现了自己的梦想。

还有一次，是一个阳光灿烂的午后，我供职的快速冲洗店进来一个衣衫褴褛的小男孩。

小男孩大概十多岁，一进来就坐在接待席的沙发上，头趴在沙发前的玻璃茶几上，眯着眼睛不说话。

虽然我不太喜欢上门的乞丐，但还是温和地问小男孩："你想要什么？"我想一杯冰镇的纯净水或者有限的零钱，我还是愿意拿出来的。可是，小男孩摇摇头说："哥哥，我什么都不想要，只想晒晒太阳，可以吗？"

一缕阳光透过门照射在茶几的玻璃上，小男孩眼里随即散发出光彩。原来，小男孩的梦想是很微小的，仅仅是在一个午后感受阳光。我不知道小男孩的生活是怎样的艰难，但是他小小的心底在承载了重担后，其实还怀有清澈的愿望。

梦想君子兰的小女孩和梦想阳光的小男孩，和那些胸怀大志或者向往事业、财富的人一样，都不曾对生活失去希望。

每个人都有梦想，比如我梦想环游世界，可惜我连环游全国都没实现。并不是所有的梦想都会实现，许多抽中号码的观众并没能在《非常 6 + 1 》砸开金蛋实现梦想。但是，梦想是心灵的呐喊，仿佛海上的帆充满了催进的风。只要心中有梦想，再小的帆也可以远航。

在《中国新歌声》中，导师们总爱问选手一句话：“你的梦想是什么？”经常看节目的人，可能会觉得这句问话过于程式化。其实，每一个叱咤歌坛的歌手，都源于最初那个小小的人生梦想，比如站在最好的舞台上表演，享受那种灯光投射的美妙感觉。记得有一个选秀歌手说过，就是因为她的外婆爱听她的歌，所以她一直努力追逐自己的梦想。还有个选秀歌手诚恳地说，之所以坚持音乐的梦想，最大的原因就是想给家人更好的生活。

其实，不管梦想的源头是什么，梦想的确立都是件美好的事。拥有梦想，就会让我们从芜杂的生活中跳脱出来，不再是漫无目的地行动，不再是随意地蹉跎时光。梦想就像高高在上的航灯，让我们的航程有了方向，同时也有了无限的动力。

十五六岁时，我就有了自己的文学梦。那时候，学校里订了《中国青年报》和《仙桃市报》，我一期不落地认真阅读，对副刊的版面更是格外关注。当时，我就对小伙伴说：“总有一天，我要在《仙桃市报》发表文章，让整个家乡的人都看到。”后来，不知道怎么就被邻居大妈知道了，她嘲讽地说：“市报是随随便便发表文章的地方吗？小屁孩不要做白日梦。”

坦白说，我当时并没感到太难过，反倒是心底的梦想更热烈，像一团火在燃烧着。后来，我的一篇作品真的在《仙桃市报》发表了，第二篇、第三篇也没用多久便刊登了。邻居大妈看到报纸后，对着我直竖大拇指。

后来，我梦想在《人民日报》《中国青年报》这样的报纸发稿，有机会还要在港澳台地区和国外的华文报纸发稿。有些朋友知道我的梦想，有些朋友不知道我的梦想，但是梦想在我的心底却一直在燃烧，又像一个小人儿般在尽情呐喊。不敢说实现梦想的过程很顺利，不敢说那些挑灯夜战的日子很惬意，也不敢说自己比别人更努力或更有实力，但是当时光慢慢地向前推进着，曾经的梦想都不再是梦想。

梦想是心灵的呐喊，首先我们要有梦，有梦才能开启新的人生，创造属于自己的传奇。

成功向来都不是从天而降

在《跨界歌王》这个节目中，主持人介绍明星王凯时说："他在一夜爆红之前，足足沉寂了有十年的时间。"舞台上的王凯模样英俊，歌也唱得一级棒，俨然是完美偶像。可是，就算是作为局外人的我们，想想那寂寂无闻的十年时光，多多少少也是有一些唏嘘的。

在娱乐圈，时不时会有一夜爆红的案例出现。不得不承认案例主人公有运气的成分，但是再好的运气也需要实力的"帮忙"。如果有运气却没有实力，恐怕机会来了也抓不住。就像有一位明星说过的那样，这个世界上没有真正的一夜爆红，所有的成绩都来源于数年、数十年如一日的坚持。

大升是我的老乡，父辈是面朝黄土背朝天的农民。后来，大升考上了大学，大学期间开始兼职和创业。毕业后，大升和同学开了一间小公司，没几年，公司的规模就大到必须开分公司。这么多年，大升不仅是生意做得好，还娶了个漂亮的重庆妹子，在商品房限购之前就买了好几套房，房子增值都超过了100%。

一次聚会，几个老乡在感叹："这一路，大升走得真是太顺利了，事业的进步和财富的积累直有如神助，心想事成。"

大升只是笑笑。跟我闲聊时他才说："没有人能看到你背后的苦，比如念大学到处凑学费的苦，比如兼职和创业被骗的苦，比如开公司濒临破产的苦。人生就是一个先苦后甜的过程，成功向来都不是从天而降的，不然我们都在这里'坐等'好了。"

很多人看别人总觉得一切得来容易，想自己却总感觉举步维艰。其实，人生的历程都差不多，或许有的人走得顺一些，有的人会多走一些弯路。但是，不经历风雨就见不到彩虹，没有谁能随随便便成功。成功的脉络是一条长长的事业线，从有到无，从小到大，从暗淡到辉煌，更多的时候是按部就班，而不是一蹴而就。

进取的人生难免会遭遇一些曲曲折折的状况，但是，来之不易的成功才弥足珍贵。当我们穿越荆棘走向鲜花灿烂的世界，才是人生最值得骄傲的时刻。

永不停航的心

我的记者朋友阿哲，他做梦都想做个大新闻，不仅成为报纸的头版头条，而且能够被全国的媒体转载。可是，国际新闻、国内新闻都是来自转载，本地的社会新闻很少有大事件。阿哲跑了几年，新闻也做了无数，可是从来都没上过头版头条。最好的成绩也不过是社会版的头条，可是就连报社内部评分，阿哲也拿不到很高的分数。倒是阿哲的同事大伟，时不时总能整出点儿大动作，俨然成为热门新闻的“发动机”，在本地和全国都拥有很高的知名度。

阿哲不放弃梦想，他觉得总有一天自己也可以像大伟一样成为厉害的新闻人。然而，现实并不总是按着人的意愿推进，不仅大伟的事业越来越好，报社还招了几个新人跑社会新闻。一次，阿哲通过渠道得到某整形医院因为医疗事故致病人猝死的消息，他顿时感觉属于自己的机会终于来了，能不能做出劲爆的好新闻就看这一次了。然而，当阿哲跟社长提出采访意愿时，社长却推荐大伟去跟进，让阿哲去负责民工讨薪的报道。

接下来的日子，阿哲专门负责民工讨薪的新闻，每天不是追着一个个包工头满街跑，就是在工地里吹冷风、吸灰尘。有一次，一个年轻民工讨薪未遂，竟然爬上一栋烂尾楼，打算以跳楼逼出包工头。阿哲扛着数码相机一边拍摄，一边规劝年轻民工别做傻事。结果，年轻民工没做傻事，阿哲却一不小心摔伤了胳膊，足足在家里休养了一个月，才重新回到了自己的岗位。而回来之后，他依旧负责民工讨薪的报道，社长甚至有意让他专注这一块。阿哲嘟哝一句："报道民工讨薪能有什么大新闻？"可是，他依旧任劳任怨地忙碌着，任何一条新闻线索都不放过，每一次讨薪成功他比民工还开心，每一次讨薪失败他比民工还难过。

春节后，阿哲回到了自己老家，许多人都喊他"讨薪记者"，还向他竖起了大拇指。阿哲屁股还没坐上家里的板凳，镇长竟然亲自登门拜访，还以私人名义请他去喝茶。镇长对阿哲说：“你为民工维权，这一点做得非常好，我和镇上的老百姓都为你骄傲。”彼时彼刻，阿哲才明白原来自己的工作是那么重要。阿哲曾经以为自己的梦想搁浅了，但是那颗坚定不移的心却从来不曾停航。

其实，很少有梦想会顺顺利利地实现，梦想搁浅的状况时有发生。如果梦想的小船搁浅，而我们索性就躺在岸边睡大觉，就很难有抵达远方的机会。当梦想搁浅时，就算暂时失去了希望，也不必灰心和绝望。因为，这不是人生的绝境，也不是世界的末日。如果梦想还在，就带着梦想继续赶路；如果梦想已然成为过去，也应该带着自己的热烈的心，去追逐未来时光的无限可能。

梦是翅膀，不是负担

我认识一位基层作者小丁，连地方作协会员都不是，也没有在任何报刊发表过作品。可是，他的梦想却是成为莫言那样的作家，为中国再拿一次诺贝尔文学奖。诺贝尔文学奖并不是想拿就能拿，不过有梦想总是一件值得高兴的事情，而且马云也说过：“梦想还是要有的，万一实现了呢。”

后来，市作协发展新会员，作协主席想到了小丁，邀请他加入市作协。小丁诚惶诚恐地说：“我还没有什么成绩，凭什么加入市作协呢？”作协主席温和地说：“市作协的门槛很低，就算是文学爱好者也可以加入。”可是小丁依旧谢绝了作协主席的好意，说：“等我以后条件成熟了，我一定申请加入市作协、省作协甚至中国作协。”后来，我去劝小丁：“加入市作协可以得到更多学习的机会，这对你的写作很有帮助，为什么要选择拒绝呢？”这时，小丁带着一点儿骄傲的情绪说：“一个满怀梦想的人，怎么能降低对自己的要求？总有一天我会带着作品向组织靠近。”

每次，我问小丁有什么新作品，他不是说没有酝酿好完美的作品，就是说写得不好暂时不想投稿。结果，一个月过去，两个月过去，三个月过去，小丁不要说发表什么作品，就连稿子一篇都没投出去。

时间久了，我忍不住对小丁说：“没有谁一开始就能写出好作品，写出来的作品不投稿试试，怎么知道你自己行不行？”小丁却一本正经地说：“为了我心底那个伟大的梦想，必须对自己高标准、严要求，至于作品发表在报刊上，对我来说，真不是件特别着急的事情。”他这么一说，我也不好再继续说什么。

前不久，我听别人说，小丁彻底放弃了写作的梦想，连家里的藏书都找出来送了人。不难想象，小丁放弃的原因无非是梦想太遥远，遥远得销蚀了他继续争取的勇气和信心。其实，梦想本来应该是我们人生路上的翅膀，只要展开翅膀就有可能飞向高空。显然，小丁不是把梦想当成了人生的翅膀，反而让梦想变成了前行的负担。追梦就像蹚着水过河，如果给自身增添不必要的负担，最终梦想被拖垮也就不奇怪了。

我还认识一个小男生，他做梦都希望自己能做CEO。可是，没有几家公司招聘CEO，就算真的招CEO，他也没有那个能力。一有空，他就跑人才市场，有任何自己能干的职位他都想试试。他不仅做过日用品公司的销售员，还做过小额贷款公司的接线生，甚至在某知名外企干过杂工。有时候，我跟他开玩笑说："都是快要做CEO的人了，为什么还要干那些不起眼的工作？你完全可以做一些更有分量的工作。"他一本正经地说："哪个CEO不是从零开始的？我没有'空降'的那个本事。如果我因为想做CEO，求职时就东挑西选，这活不干那活不接……那这梦想岂不是帮了倒忙，成了人生的负担和绊脚石了？"

显然，这个小男生的梦想是执着的，而人生的思路也是清晰的。

有梦想，谁都了不起，了不起的是那份执着，那么热烈，那么坚定。

愿生活中的每一个人，都拥有梦想这双翅膀，没有负担，没有压力，没有阻碍，最终走向人生最美的那一抹锦绣。

圆梦之前，请选择坚持

其实，小美不像别的女孩子一样想做星光闪耀的歌手，甚至都没想过独自在大舞台上演唱。小美只是想加入市里的合唱团，有机会和大家一起铿锵开唱。

可是，当小美第一次去合唱团面试时，团长只听她唱了两三句就摆了摆手说：“对不起，你达不到合唱团的要求。你可以去别的地方试试。”市里就这一个合唱团，团长的意思无非是让小美打消念头。不过，小美并没有放弃，梦想毕竟不是一款名牌包包，买不到蔻驰可以买别的。梦想是心底最坚定的力量，当梦想还没有实现时，小美觉得自己应该坚持，或许能等到梦想开花的时刻。

小美没有条件师从声乐大师，甚至连音乐培训班的学费都凑不齐。小美能做的就是每天练嗓子。

小美感觉自己练得差不多了，又去合唱团毛遂自荐。

可是，小美一开口，才发现自己跟不上节奏，不是快半拍就是慢半拍。

这一次不等团长开口，小美就默不作声自觉离开了。

又过了一段时间，小美参加了市电视台举办的歌唱比赛，虽然没获得好的成绩，但是唱歌的认真劲儿打动了许许多多的观众。

在这之后，小美再次前往合唱团推荐自己，可是团长却以“目前不缺人”为由再次拒绝了小美。后来，合唱团的一个小姑娘忍不住告诉小美：“其实，团长不喜欢民族唱法的歌手。”小美说：“我不仅仅会民族唱法，美声唱法我同样会。”

过了半年，合唱团走了几个成员，便开始对外公开招募团员。

小美得知这个消息，又来到合唱团的面试现场。

这一次，小美以出色的表现征服了团长和合唱团成员。

小美的梦想终于得以实现，开心得眼泛泪光。

后来，小美成为合唱团的骨干，许多新来的成员都津津乐道小美的成功史。对此，小美只是平静地说：“圆梦之前，请选择坚持，成功其实就这么简单。”

生活中，圆梦的人有，没圆梦的人更多。要说，为什么圆不了梦，有各种各样的原因，而最不可忽视的原因是，在圆梦之前就放弃了坚持。有一句话说得好，不是有了希望才去坚持，而是坚持了才看到希望。坚持是一件非常辛苦的事情，特别是在看不到希望的时候，还能咬牙坚持就越发显得珍贵。所以，如果梦想还没实现，目标还没实现，请坚持下去。

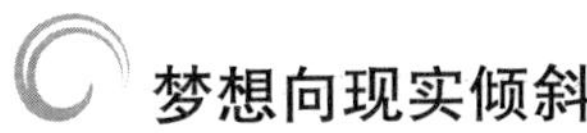

梦想向现实倾斜

在很多人眼里，艺术家不是活在现实里，而是活在虚无缥缈的梦里。

我有个哥们儿叫吴祺，在湖南某小城生活。

吴祺住在爸妈的老房子里，他有一间不大不小的卧房，还有一间独立的画室。除了吃喝拉撒，他几乎每天都待在画室里，随心所欲地画自己感兴趣的东西。没多少人欣赏吴祺的画，他的画换不到钱，都堆在画室的地上。有时候，吴祺会对自己说：“为什么没有人欣赏我的画呢？总有一天，我的画会进拍卖市场，每幅画都会卖出好价钱。”

梦想是美好的，现实是残酷的。慢慢地，开始有人说，吴祺是个十足的啃老族，二十几岁了还不愿意自己谋生。吴祺不以为然地说:“我在坚持我的梦想,梦想的实现需要运气和时间,这也不是我可以做主的事情。”

可是，不管怎么说，一个年轻人没有收入，一切都指望爸妈，毕竟不是一件光彩的事情。

几年过去了，吴祺依旧没有卖出一幅画，更不要说有拍卖机构来登门拜访。可是，吴祺还是在不停地画。有些邻居看到吴祺，总会指指点点的，并在背后说：“这孩子画画都画迂了，不知道会不会画成个傻子。”

后来发生了一件意料不到的事情：吴祺五十多岁的爸爸突发脑溢血，虽然花了很大的代价抢救回来，但是彻底失去了劳动能力。吴祺的妈妈不仅要上班，还要照顾丈夫，每天累得上气不接下气，而家里的经济状况也越来越差。吴祺再也坐不住了，他认真地跟妈妈说：“我要用我的画笔撑起这个家庭。”

吴祺首先想到的还是卖画，可是怎么也找不到买家。接着，吴祺希望在美术培训班找份工作，可是依旧没能如愿。

当吴祺一筹莫展时，他在景区工作的朋友跟他说：“要不，你在景区摆个小摊，给游客画像赚点儿钱。”吴祺决定试试。

吴祺给游客画像，画得不仅神似，而且又有自己的风格，深得游客的喜爱。由于画像的所得颇丰，吴祺开始给妈妈交生活费，还给爸爸买进口的药物。吴祺开始爱上这份工作，对每一幅画像都用心去画，一定要画到游客和自己都满意为止。

非周末，景区的人流量不是很大，找吴祺画像的人也不多。于是，吴祺支起画板，画地上的鸽子，画天空的风筝，也画亭阁里依偎的恋人。比起在画室闭门造车，在景区潇洒自如地创作，让吴祺的灵感像泉水般喷涌。没多久，不仅有人找吴祺画像，也开始有人来买他的其他画作。

如果吴祺一直做着卖画的梦想，像艺术家一样清高，他就不会去景区摆摊给人画像，自然也难画出那些有人愿意买的画。

所以说，当梦想还很遥远的时候，或者梦想暂时无法推进的时候，让梦想向现实倾斜是不错的选择。也就是说，把梦想装在心底，在梦想与现实中找到落脚点，这样的人生才是充满希望的，这样的人生才有创造无限的可能。

梦想最终都要走向生活

我以前在彩扩店工作时，有个叫小冰的男同事，他的梦想是做一名旅行摄影师。每当小冰聊起自己的梦想，总是眉飞色舞的样子。

“背着单反相机，去最好的地方，看最好的山水，把美景都留在镜头里，这是一件特别开心的事哦！”这时，同事小进总会不合时宜地说：“整天游山玩水，拍拍拍，你有那么多的旅游基金吗？”小冰沉默了。

有好几次，小冰都说想去布达拉宫和内蒙古大草原，可是，他没有钱也没有时间。

彩扩店老板对小冰说：“你想要做旅行摄影师，不妨先从自己居住的城市开始拍摄作品，熟悉的地方照样有无穷的美景。”

小冰决定听老板的话试一试。

虽然是熟悉得不能再熟悉的城市，但是小冰背着单反穿梭其中，每次都有新的发现、新的感悟。

时间久了，小冰还发现，城市里有很多以前未曾留意的教堂、名人故居或私家花园等建筑景观。当小冰拍下一处处景观，又配以最走心的文字，发布在本市几家网络论坛时，很快就引起网友们的关注和追捧。有一个即将走入婚姻殿堂的女孩给小冰留言：“小冰老师，你愿意做我婚纱照的摄影师吗？”

这是小冰接的第一份“私活”。

婚纱照拍完，女孩和未婚夫非常满意，在论坛上给小冰宣传：“摄影师小冰不仅拍摄技术精湛，而且总能找到不一样的拍摄场景，能给拍摄婚纱照的新人独一无二的幸福感。”

没过多长时间，找小冰拍摄婚纱照的人越来越多，小冰接“私活”的收入超过他每月的薪水和奖金。同时，找小冰拍摄平面广告的人也多了起来。

当小冰的“私活”越接越多，开始影响到本职工作，他主动跟老板辞了职，去了布达拉宫和内蒙古大草原。回来后，小冰就开了个人摄影工作室。

我好奇地问：“你不再想着边旅游边拍摄了吗？”

小冰笑着说：“梦要做，生活也要继续，凭借摄影赚到钱，过上更好的生活，这也是梦想的一部分。”

我知道，小冰的观念发生变化了，但这并不是对梦想的遗弃，这是对梦想最好的更新和升级。因为，所有的梦想最终都要走向生活，所有浪漫的、不真实的、幼稚的想法，都会被生活打磨得闪闪发光。

爱是
最大的正能量

第八章

Chapter

说忙每个人都很忙，说闲每个人也都很闲，愿意为另一个人付出时间，甚至付出整整一生的时间，那无疑是因为心底深深的爱。好好爱那个真心爱你的人，这也是对自己最好的关照。

好好爱人，也好好爱自己

小楚是老好人，这不是哪个人说的，公司里，大家个个都这么看。小楚不仅和公司里的元老处得好，和新人也总能打成一片。

有一次，老总让小楚找两个新人搬货，小楚就找到了栋子和汪强。本来，小楚的“使命”完成了，可以继续去忙自己的事情了。可是，小楚却留下来给栋子和汪强帮忙，累得满头大汗，还把腰扭了。栋子和汪强对小楚又是感谢又是抱歉，相当受感动。老板却埋怨小楚说：“你以为自己是一片好心，实际上却是多管闲事。你现在帮了别人，自己却只能请病假休息，我到底该表扬你还是批评你？”

职场中，我们总想着释放自己的善意，对老板和同事怀着满满的爱。当然，善意和爱并没有错，没有人会拒绝善意和爱。如果可以，我们应该好好爱生命里的每一个人，生命里的每一次遇见都是美好的缘分，职场里的每一次合作都是和谐的相处。可是，我们爱所有人，但也不能忘了爱自己。

小楚出差回来，总会给同事带礼物。有一次，小楚去中国台湾出差，花了小半个月的薪水给每个同事都买了礼物。

有个女同事说："谢谢你送给我的凤梨酥，真好吃。你觉得呢？"

"好吃吗？我还没吃过。"小楚说。

这个女同事本来很喜欢小楚，却因为这件事打消了爱的念头。女同事私底下跟朋友说："爱人是一种能力，爱自己是一种智慧。小楚有能力却没有智慧，不是我想象中的好男人。"

我们总想做好人，希望得到所有人的赞许，为此，我们会付出很多很多的爱，可是不经意间就忘了爱自己。

爱自己，不是自恋，而是对人生最好的把握和经营。

我曾经供职一家台资企业，老板对我们员工非常体恤，茶水间总有小糕点和水果，咖啡也都是国外的顶尖货。每两三个月，公司会组织大家去郊外烧烤，一切的费用也都是公司来承担。老板对我们说："我爱你们的理由很简单，你们每一个都是我的功臣，不爱自己的功臣，爱谁？"

同时，老板也是一个会享受生活的人，他的办公室永远都有好闻的檀香，茶叶也总是最顶尖的品种。午休的时候，老板会安安静静地享受古典音乐。每年夏天，老板会从广东东莞赶往恩施利川——利川是著名的凉城，是消暑度假最好的选择。老板说："只有我的每个毛细血管都流淌着凉意，我才会觉得夏天也是可爱的季节。"

"一个人只有好好爱人，也好好爱自己，才会真正幸福。比如，我非常爱自己的妻子，妻子就是我的掌上明珠，但是我同时也很爱自己——我觉得自己也是独一无二的瑰宝。"这是老板常常挂在嘴边的话。我想，幸福大概就是这般模样，不仅是让自己爱的人开心，也要让自己跟着开心。成全了全世界，却独独忘了自己，这不应该是我们追求的生活。

我们爱自己，是对自己的关照和关爱。当我们趟过时光的河，我们要对得起时光，对得起自己爱的人，同样也要对得起自己。要相信：自己独一无二，终将成为时光里绚烂的一笔，让周遭的人铭记。

与其应酬客户，不如拥抱家人

有一段时间，我每天都在加班，从来没有在半夜 12 点之前回过家。当然，我并没有在办公室加班——不是陪客户唱 K 和喝酒，就是在酒店包房打麻将。

说实话，我不太喜欢那种应酬客户的感觉——谈业务就谈业务，条件合适就签约，价格 OK 就签字，何必要把事情搞得那么复杂。

那几个月，我的薪水拿得多，提成也拿得高，趁机给家人买了许多衣服和保健品。可是，老妈却说："很希望你能多回家吃饭，没有什么比家人聚在一起更让人开心的了。"老妈爱唠叨，但是她的话确实有几分道理，毕竟我对工作实在太投入，投入到牺牲了休息时间，也牺牲了和家人相处的时间。

后来，我决定改变接洽客户的方式，不像以前总是吃吃喝喝，把好好的业务变成应酬。

最初，我的业务开展得非常不顺利，好几个联络得很好的客户突然间就失了联，就算是电话联系上，也总是支支吾吾，不肯露面。

没有应酬，我和家人一起吃饭，一起逛街……感觉日子过得有滋有味。虽然钱赚得少了一些，但是快乐却充盈着内心。

没多久，我的客户开始和我联系。这些客户和以前的不一样，他们很少愿意推杯换盏的，更希望直来直去谈事情。很快，我发现，越是大公司，越是大业务，洽谈时越少猫腻，越是小公司，越是有太多太多潜规则。

就这样，我应酬客户的次数虽然少了，但业绩却增加了，陪家人的机会也越来越多，简直就是事业和家庭双丰收。

所以说，我们奉行“客户至上”，但是并不代表要把所有的时间都用在应酬上。工作时间我们自当全身心付出，奉行“客户至上”，下班就应该赶回家跟家人在一起，奉行“家人至上”。

总有一盏灯为你而亮

十多年前，老爸老妈就来到我和小妹生活的城市。他们打些零工过活，顺便也照顾我们的起居生活。慢慢地，我和小妹的工作或生意都有了起色，也找到了属于自己的另一半，建立了属于各自的幸福小家庭。

城市里的房价高，尽管我和小妹买的房子都不大，但也都给老爸老妈留了间房。见我们的生活日渐稳定，老爸老妈开始怀念家乡的生活——那住着宽敞舒适的老房子，一出门就可以见到的街坊，还有怎么也吃不够的家乡小吃。于是，老爸老妈总吵着要回家，最后，我们只好依了他们。

在老爸老妈回家之前，我们翻修了位于老家小镇的房子。

房子在小镇一条偏僻的街道上，到了傍晚就黑灯瞎火的。

几个月前的一天，我临时有事要回老家，提前就给老爸老妈打了电话。由于那次出发得晚，再加上路途遥远，到家时已经接近子夜一点。我远远地看见，家门竟然依旧敞开着，堂屋里的那盏灯格外亮。突然之间，旅途疲惫的我按捺不住地感动。

等我走进家门，发现老妈还坐在堂屋的凳子上，瘦小的她正打着瞌睡。

我上前推醒老妈说：“给我留门就好，为什么不睡觉？瞧把您给困的。”

老妈笑着说：“不困。”我又感动又惭愧又心疼，忙不迭地扶她进房休息。

这次离开时，老爸塞了把钥匙给我，还说会在门前屋檐下装盏灯。这样一来，以后不管我回来得多么晚，那盏灯都会为我照亮家门。

在老爸老妈的目送下，我渐行渐远，而那份牵挂却越来越浓烈，越来越清晰。

过了没多久，我给老妈打了个电话：“妈，我今天要回家了，可能回去得晚，您就不要等我了。”

老妈笑着说："妈不等你，门前的那盏灯会一直等着你。"

本打算赶在半夜 12 点前抵达，可是手头积压的工作做了又做，过了 12 点都没出发。后来，我强压住睡意，披星戴月地往回赶，天空泛白的清晨才到达，门前果然挂了一盏灯，哪怕在夜色散去的晨曦里，依旧能感受到它的温暖和光芒。

老妈或许是睡得不安稳，或许到了早起的时分，早早地为我准备早餐。

我跟老妈打趣道："这么大一盏灯，亮了整整一晚，该用多少电啊！"

老妈认真地说："用不了多少电。这盏灯就是为你照亮的。"

我哽咽了。

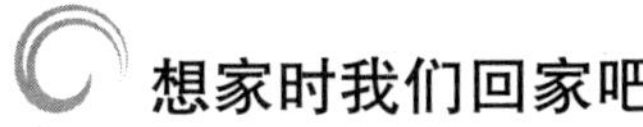

想家时我们回家吧

刚出来工作时，彩扩店老板在排春节长假的班，大家都表示过年得回家，就算加班费再多也不加班看店。老板安排了一个人值班，他竟然不惜炒了老板鱿鱼，也要回到千里之外的老家过年。

当时我还年轻得很，第一次离开父母，感觉离家越远越自由。

我向老板主动请命——愿意春节长假留在店里值班。老板猛表扬我，就差当场拥抱了。

当我打电话给家里，说过年不回家时，母亲在电话那一头沉默良久，之后说：“那你要好好照顾自己，过年的时候记得吃饺子。”

春节越来越近，绝大部分的外来工都回家了。最初，我的孤单感还没有那么强，到了大年三十这一天，上午街头还有很多置办年货的人，不到中午就闹起了“空城计”。我在附近高校的食堂打了点儿饭，突然开始想念老家丰盛的年饭。老家的年味要更浓一些，家家户户贴春联、门神和窗花，没有禁放烟花爆竹的规定，年饭最少是十大碗，边吃边聊，看春晚……

店里半天没有一个人进来，收音机里播放着《恭喜发财》，我却一点儿都乐不起来。正月初一、初二，顾客们穿着新衣精神抖擞来店里冲洗刚拍摄的照片。我们互道新年快乐，顾客们纷纷关切地问：“小伙子，年都不回去过，难道你不想家吗？”我嘴巴上还在逞强，心却早已飞到千里之外的家。

正月初七、初八，休假的同事回来了，带来的不仅是家乡的特产，还有我艳羡的家的味道。老板来了以后，问我：“小路，我打算给你补假，你回家过完元宵节再来上班，怎么样？”有同事就插嘴了：“他过年都不想回，哪有心思过什么元宵节。”我马上很果断地说：“过完元宵节才算过完年，我也想回家去看看老爸老妈。”

迟到的团聚，让我的心被幸福塞满。我每天吃母亲做的菜，陪父亲下几盘互有胜负的象棋；有时间，我还会去亲戚和朋友家串门。那段日子，城市离我很远很远，职场的艰辛离我很远很远……原来回家的感觉是如此美妙。

家是最安静的避风港

那年，大表哥李志前往泰国前，意气风发地对自己爸妈说：“我不闯出一片属于自己的天，决不回到你们面前。”

李志的老妈神情有一点点忧伤——一直生活在身边的孩子，怎么可能说放手就放手。平时总是板着脸的李志的老爸开口了：“好男儿志在四方，出去闯一闯绝对应该。如果有一天，实在撑不下去了，别忘了家是最安静的避风港。”

仿佛感觉自己被小看了，李志离开的时候有一点儿不开心，甚至过安检时都倔强地不回头。

一去半年多，李志都没给家里打过电话，甚至连微信上老爸老妈的留言也视而不见。

其实，李志在泰国过得并不太好，泰铢并不比人民币好赚多少，一起去泰国的小伙伴都撤得差不多了。李志也想过要回国、回家，但是想到自己依旧一事无成，觉得没有脸面回来见自己的亲友。而且市面上的励志书也告诉他，成功之前请再坚持一下，机会可能就在下一秒，见证奇迹的时刻马上来。

没想到，李志并没等到成功的那一天，泰国就因政局不稳陷入一片混乱之中。当生命受到前所未有的冲击，李志只能把梦想先放一放。当驻泰大使馆组织中国工人包机返华，李志想都不想就报上了自己的名字。很快，班机抵达了首都北京，一些返华工人商量好好逛一下北京城，李志却毫不含糊地说：“我哪里都不想去，我就想回到小县城的家，那个有老爸老妈的家。”

回家后，老妈絮絮叨叨说了很多话，老爸第一次用力地拥抱李志。李志不再埋怨老妈啰唆，也不认为老爸矫情和老土，静静地陪在他们的身边，帮他们“刷刷筷子洗洗碗”，把一些平时说不出口的话，都一一说给他们听。

那一次，李志在家里待得特别久，老爸老妈也不催他去求职，他也没有强烈的求职意愿。

一天，李志听到老妈对老爸说："让孩子好好平复情绪，休息够了再出发，千万别逼他太紧了。"李志的老爸淡淡地说："家是什么？家就是避风港，孩子想在这里歇多久就歇多久。"

回国第三个月，李志才开始了新的工作。

或许在家里疗伤已经够久了，那些突如其来的痛也好得差不多了，李志的工作热情和信心高涨，工作表现之好超乎自己和家人的想象。很快，他就获得了升职加薪的机会，比起出国的那一段时间，人生显得明朗积极得多。当我问起他的归国感受，他毫不犹豫地说："还是祖国好，还是家好，世界很大，但家才是最安静的避风港。"

其实，很多年轻人都有一个阶段——对家的眷恋开始变得越来越少，对远方的世界充满了无限的向往。如果在家和远方之间做选择，多会选择充满未知的远方，而不是枯燥乏味的熟悉的家。然而，当寒风掠过寂寞的出租屋时，当困境无法走出时，家会抚平我们所有的隐隐的伤和汹涌的痛。

一个好好爱自己的人，一个好好关照自己的人，绝对无法切割自己和家的联系，家是最安静的港湾，家是最美丽的存在，家是力量的源头。

一次，公司副总负责招聘几个区域经理，对区域经理的要求除了能力过硬，还需要有较强的责任意识。我好奇地问副总："能力过硬这个不难判断，主要是看他过往的业绩如何。至于他的责任意识到底怎么分辨，反正我是没有办法。"副总也不向我解释，只是让我跟着他走进了面试的大会议室。我们进去时，会议桌上堆满了求职者的简历，随便翻一翻便能看出工作经验几何，至于责任意识还是个很大的未知数。

第一个求职者的能力就很不错，不仅是名牌大学本科毕业，而且有在名企工作两年的经验。这个求职者一副胜券在握的样子，而副总不紧不慢地说："年轻人，把你的钱包拿出来给我看看。"求职者有些诧异，但是为了谋求一份工作，也只能照着副总的意思做了。谁知道副总一打开钱包，就摇了摇头说："年轻人，你不合适，我们现在请下一位进来。"就这样，一个个面试，一个个查看钱包，打发了大部分的人走，只留下了两个幸运者。

事后我问副总："选谁不选谁的标准是什么？为什么看求职者的钱包？"

副总说："我翻求职者的钱包，其实是在找他们的钱包里有没有和家人一起拍摄的全家福，或者有没有把老婆孩子的照片随身携带。”

副总的做法的确在理：家是最安静的避风港，只有把心放在家里的人，才是最有责任意识的人。

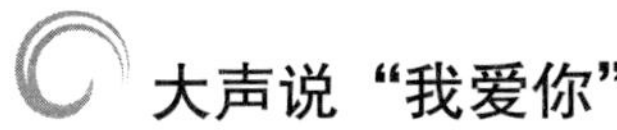

大声说“我爱你”

那年，我交了个女朋友，女朋友热爱文学，是个像诗一样的女孩。女孩有事没事都会给我写信，信里面有说不完的浓情蜜意，我总是读着读着整个心都醉了。我也经常给她回信，不是在信里加一首情诗，就是把心底的爱画成漂亮的简笔画。

交往了一段时间，女孩却开始变得情绪低落，总是闷闷不乐的样子。有时候，我追问几句，女孩会嘟着嘴巴说：“我感觉你不是很爱我。”

怎么会这样？我的心底全是她，吃饭想着她，睡觉想着她，搭公交、挤地铁都在想着她……她竟然怀疑我对她的爱！

娟子是我多年的老朋友，也是著名的电台主持人，以前我很少拿自己的烦恼打扰她。可是，当我的爱情触了礁，不得不向她求援：“我那么用力地爱着她，为什么她却感觉不到我对她的爱？”

娟子听完，温和地跟我说：“你们都是太过含蓄的人，本来火热火热的爱，你们却都托付给了文字。文字的力量再大，也无法把全部的爱传达出去。爱是不能光靠文字去说，只有大声地表白，才能让你爱或爱你的人懂得。你要做的就是，大声说出‘我爱你’这三个字。”

再次约会时，我和女孩在西餐厅吃牛排和比萨，优雅的环境里有曼妙的音乐，也有一些在安静用餐的情侣。好吃的食物让女孩味蕾大开，但是心情却依旧不是特别好，气氛有些尴尬。

我想到了娟子说的那些话，突然就有了莫大的勇气。我从餐桌的摆饰中取出一小束不知名的塑料花，然后单膝下跪递到女孩面前，大声说：“×××，我爱你！”

虽然没有鲜艳的玫瑰花，没有昂贵的钻戒，也不是求婚，但是勇敢说出“我爱你”——不是用文字而是用最响亮的声音——感觉还是那么不一样。显然，女孩感动了，脸上挂着泪珠。

“心要让你听见，爱要让你看见”，郃正宵的歌唱出了恋爱的法则。

我们没有必要包裹自己的内心，更没必要隐藏自己的爱。有时候，含含蓄蓄换来的只是猜疑，一方面让爱人对你捉摸不定，另一方面也折磨了本来拥有爱、享受爱的自己。

每年的毕业季，总有快毕业离校的男生再也不想默默暗恋下去。我曾经就目睹过好几次轰动校园的示爱“盛况”，精心准备的笑话和蜡烛，规模庞大的助威团，扬着脖子整齐划一或此起彼伏喊着“李大伟爱王小花”，或者“张丽玲，我爱你，就像老鼠爱大米”。没多久，王小花或张丽玲就现身了，一个幸福的拥抱将气氛推向最高潮。

我们要感谢那些敢爱敢恨的年纪，虽然不能保证给对方最好的生活，但是有爱不说不仅会错过甜蜜的爱情，也会让自己的心因为犹豫而错失美好。

只有你，才有空陪我到最后

在某档电视相亲节目上，牵手失败后的音乐是——“可惜不是你，陪我到最后”。当然，这里的“最后”是牵手走下大舞台，或者去享受夏威夷或爱琴海的浪漫旅行，并不是真的就登记结婚，然后一辈子白头偕老下去。天长地久是一个最美的祝福，但是遇到一个对的人，甜甜蜜蜜地走下去，这需要运气和勇气。

单身时，总有人说我们爱挑剔，这样的人不要，那样的人不选，到底有没有找个人过日子的念头。其实，我们并不是挑剔，只是差那么一点点爱的感觉，准确来说，差那么一点点一路走下去的决心和信念。

我们能遇到承诺一生不变的人，婚礼上那么笃定地宣布“不管贫穷、疾病、灾难都不会离开，永远爱着对方”的那个人，也可能在下一个路口，就选择放开你的手。能陪我们走到最后的才是爱人，最后牵着手不放开的人，哪怕没有甜言蜜语也是最真的人。

有个男人，与前妻识于微时，苦日子一起咬牙过，相约了一起要过到白头。

然而慢慢地，男人赚了一些钱，买了房，买了车，开了两间分公司，身边围绕着形形色色的朋友，也有许多花枝招展的女人靠拢过来。其实，这还不是最要紧的——花花绿绿的女人他见得多了。关键是后来有个女大学生也黏上了他。对方一副小鸟依人又娇羞柔弱的样子让他方寸大乱，仿佛又有了初恋的感觉。

就这样，男人放开了女人的手，老婆成了前妻，女大学生成了娇妻。

后来，男人的生意开始不景气，而且他的身体状况也每况愈下。

医生交代男人的娇妻，男人要多吃哪些食物，少吃哪些食物。可是，娇妻回家就“忘”了，不是呼朋唤友去聚会，就是背着包去“血拼”，根本没时间搭理男人。

后来，男人病情加重，又“搬”进了住院部。男人的前妻辗转得知消息，本来只想去医院偷偷看上一眼，却发现男人身边连个端茶倒水的人都没有，就担起了看护的职责。

男人病愈后，流着泪说：“只有你，才有空陪我到最后。”

其实，说忙每个人都很忙，说闲每个人也都很闲，愿意为另一个人付出时间，甚至付出整整一生的时间，那无疑是因为心底深深的爱。好好爱那个真心爱你的人，这也是对自己最好的关照。

用感恩的心看世界

第九章 Chapter

生活需要一颗感恩的心来创造，一颗感恩的心需要生活来滋养。笑对狂风暴雨，笑迎天边彩虹，让我们学会感恩，收获别样的人生。

谁都希望真心换来真心

一对英国夫妇曾经领养了一只幼狮，他们悉心地照料幼狮的起居饮食，还给它取名“克里斯蒂安”。

克里斯蒂安的食量非常大，为了让它吃饱，这对夫妇需要支付不菲的开支，这让他们慢慢地感到吃不消。后来，在一个动物专家的帮助下，他们将克里斯蒂安送到了肯尼亚野生动物保护区。

就这样，这对夫妇恋恋不舍——眼里饱含着泪水——离开了不停号叫的克里斯蒂安。

转眼，5 年过去了，一次偶然的机会，这对夫妇误入一个野生动物保护区。保护区对动物采取放养方式，禁止游客入内。

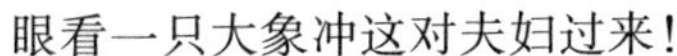

眼看一只大象冲这对夫妇过来！

在这千钧一发之际，一只健硕的成年雄狮大吼一声，冲到大象面前，逼退了后者。

很快，这对夫妇认出了这只雄狮——就是他们曾经领养过的克里斯蒂安。

克里斯蒂安扑向这对夫妇，来了一个温情的拥抱。

原来，狮子不仅是有记忆的，而且它也懂得感恩之情。说这个故事，其实是告诉我们自己，感恩是一种不可或缺的心态，懂得感恩的人才更有机会收获幸福。

在我 10 岁的时候，父亲经常带不会游泳的我去戏水。我大多数时间都是在游泳圈的保护下胡乱游几下。有一次，水闸开启，我和父亲都被卷了过去，若不是父亲抓住一个壁上的手环，我恐怕早被水流冲走了。水势汹涌，老爸一手拉着手环，一手拉着摇摇晃晃的我，情况非常危急。后来，有人发现了被困的我们，开始帮我们大声地呼救。

邻居戚厂长找来手臂粗的绳子，陈二哥又叫来自己的朋友，合力营救被困的父亲和我。从命悬一线到被成功营救，父亲和我长出了一口气。好几天，小镇都在谈论我们被救这件事，父亲给每个帮助过我们的人致谢，而惊魂未定的我选择足不出户。

十多年后，我离开了家乡，在省城打拼自己的事业，就算过年也在家里待不了几天。有一年，突然有了长达25天的假期，我哪里都不想去，整天待在老家的旧房子里。

一天，父亲试探地问："你还记得戚厂长和陈二哥吗？"我刚要搜索记忆，父亲就急急忙忙补充："就是当年救过我们命的那两个人，他们虽然先后搬走了，但是仍然生活在小镇上。要不哪天我们去探望一下他们，谢谢他们的救命之恩？"

我有点儿抗拒地说："都十多年前的事了，当初您也一一感谢过，现在再去感谢，没这个必要吧？"

父亲却坚持要去，我只好答应。

事隔十多年，父亲和我登门致谢，戚厂长和陈二哥都很惊讶。他们都笑着说往事不记得了，不过脸上难掩幸福和满足的表情。

很多人都说，做好事的人不需要那一声"谢谢"，"求求你表扬我"只是电影里的桥段。可是，将心比心，谁都希望真心换来真心。

懂得感恩，首先是对那些善良的人的尊敬和回馈，其次也是让自己过得心安的办法，最后也可能促成对感恩文化的传承和发扬。

给自己扮个笑脸

前一刻，还是晴空万里、万里无云的好气象；下一秒，没准就是乌云罩日、狂风暴雨的坏天气。这不仅仅是变幻的天气，更是我们捉摸不定的人生。而我们却常常没带伞，淋雨是无法回避的际遇。

面对突如其来的一场雨，能够仰着头品味雨丝，还能笑着说“雨天真好”的，除了涉世未深的小毛孩，大抵就是心胸豁达之人。人生需要正能量，出发需要正步走，面对镜子给自己一个微笑，这无疑是巨大的心理暗示，更是一种自我慰藉的力量。

当然，笑着出发自然是一件美妙的事情，可是前路的波谲云诡难以预测，谁又能保证最初充盈心底的笑意足以抵抗纷至沓来的考验？原来，镜子里的那个自己是虚无的，某一刻的激扬也是有保质期的。当种种困难和挫折不期而至，当重重迷雾包裹了曾经明晰的人生，最初的自我鞭策也会渐趋无力。

其实，人生需要的不仅仅是对着镜子里的自己微笑，更应该无时无刻给当下的自己扮个笑脸。毕竟，出发时的那面镜子终会远离视线，我们甚至没有机会一睹自己憔悴的脸。可是，那个曾经信心满满、幸福盈心的自己，慢慢变成沮丧落魄、与幸福绝缘的失意者。给自己扮个笑脸，给匆忙赶路的自己扮个笑脸，给失去了工作、友谊或爱人的自己扮个笑脸，那是迷茫旅程中的兴奋剂，那是克制伤痛的镇静剂，那是瞬间满血复活的潇洒和畅快。

我曾经有一段很艰难的岁月，口袋里没有半毛钱的积蓄，为拍拖还欠了朋友一大笔钱，曾经亲密无间的女友也不再接电话、不再回短信，直至在熟悉的世界彻底消失。

那是一份我以为会天长地久的恋情。我一次次预支薪水，只为能握牢属于明天的幸福。可是，爱情就是那么捉摸不定，升温快，冷却也快。

当爱情弃我远去，我就像破产的亿万富翁顿时一无所有，那种挫败或感伤甚至比破产更让人无法承受，失去的仿佛不是一个女生而是全世界。朋友的陪伴，长者的开导，都无法让我拨开层层阴霾和迷雾，一颗心仿佛掉入了深深的海底。

那是一段很长很长的暗黑的时光隧道，时光其实还在飞快地向前推进，而我的心却因为悲伤而不移不动。时间再久一点儿，我时不时处于一片混沌的状态，甚至渐渐想不起她的脸，那些亲密无间的日子也开始模糊不清。我慢慢地理解了别人说的话，其实我爱的不是某一个女生，而是爱情本身。同时，我才知道沉溺在爱情的悲欢中，我渐渐弄丢了最初的自己——那个快乐张扬、积极进取的自己。于是，我决定找回那个不再熟悉的自己，而不是任凭岁月遗失了我的样子，让自己成为一个无助的流浪者。

当我真正学会适时给自己扮个笑脸，给那个时刻存在着的自己正能量，我就再没被轻易地打倒——不管是面对未知的爱情、生活或工作。说到底，关照自己，其实也是在给自己倾注一种力量，让自己在错综复杂的生活中游刃有余，能够越过所有的障碍和挫折，抵达自己梦寐以求的地方。

乐观的人总能看到更美好的风景，遇到更美好的人，请现在开始嘴角上扬，给自己扮个笑脸。

对每一个人说“谢谢”

小妹在高校开了间零食店，店里的顾客以学生为主。学生顾客买完东西总是客客气气地说：“谢谢老板”。

学生们的“谢谢”，是一种脱口而出的礼貌。后来，小妹也学会了把“谢谢”挂在嘴边——对每一个进店消费的顾客说“谢谢”。

小妹的零食店生意越来越好，生意变好的原因当然有很多，但是她一口一个“谢谢”，无疑起到了非常大的作用。

我刚去彩扩店工作时，没少犯错误，拖累了同事的工作进度。对此，大家不仅没责怪我，还抢着帮我收拾残局。这让我把一句“谢谢”说了一遍又一遍。

一句“谢谢”很轻，却像一座桥梁拉近了我们的心。对于我这样的新人，同事们总是能帮就帮，能照顾就照顾，能不责备就不责备。同事们还提前让我上机操作。按照公司规定，新员工入职三个月才能上机操作，我却入职一个月后就熟练了上机操作。

老板见我的进步突飞猛进，不仅不计较我违规提前上机操作，还索性让我放开手脚去做。我大声地跟老板说：“谢谢老板。”

老板的表情带着赞许，这让我的紧张情绪得到了安抚。

在彩扩店工作的那几年，我除了学到了过硬的技术，更重要的是学会了说“谢谢”，同时明白说“谢谢”是一种职场智慧。

在生活和职场中，我们总会遇到对我们友善的人，但难免也会遇到心怀不轨的人。

在我出版第一本书之前，其实我曾经也写过一本书，是一个不大的出版商托朋友约稿的。因为是朋友介绍，又有写书出版的机会，我想都没想就答应了。出于信任，我甚至在交出全稿后都没有和出版商签下任何合约。遗憾的是，我交稿后，出版商一直没有给我回音。我追问，对方也只是草草地回一句："耐心等着。"

慢慢地，我对那本书的出版不再抱希望，也不再跟出版商打听结果。

很久后的一天，我闲来无事逛书城，发现了一本新出的畅销书，翻开看里面的内容竟然是那么熟悉。很快我就意识到，这本书就是我之前写的那本书！可是，封面上竟然印着出版商的名字，这让我顿时火冒三丈。后来，经过艰难的交涉，出版商给了我三万元稿费和赔偿金，但是书的作者署名却改不过来了。

前两年，一次全国性书展，我遇到了这个出版商。他远远地看到我，准备绕道避开，没想到绕来绕去却和我撞了个正着。他脱口而出的是"对不起"，而我淡然地说："其实，我要谢谢你，正因为你盗用我的书稿，让我明白自己有出书的能力，于是这么多年都坚持不放弃。同时，你还教会我要懂得保护自己的书稿，这让我这一路走来少了许多风险。"

对每一个人说"谢谢"，谢谢他们陪我们走过的路，不管因为他们的出现，让我们享受到了明媚阳光，还是遭受到了暴风骤雨。

对世界传递满满的关爱

智能手机普及后，大家都不怎么看报纸，刷微博和朋友圈变得频繁了。上班来公司早的同事，有的吃着手中的早点，有的聊起新鲜出炉的新闻。李等是公司的程序员，他最关注的是国际时事新闻。当有些女同事对他聊的事不感兴趣时，他一脸严肃地说:“整个世界就是一个地球村，南美洲的蝴蝶轻轻振翅，可以引发东南亚一场暴雨。”

同事刘小姿是个爱心爆棚的女生，每当看到网络上的灾难新闻，总是忧心忡忡。有一次，我们看到刘小姿一大早挂着泪。当我们去了解时，刘小姿指着手机中瘦骨嶙峋的非洲小饥民图片说：“看这些孩子都瘦成什么样，真让人揪心……”

那些孩子真的很可怜，但是总感觉那么遥远的国度，我们无能为力。不过，爱心从来是不分国界的，成龙、李连杰等爱心人士的爱心不仅撒播在祖国的大江南北，还撒播在亚洲乃至全世界。

曾经，看到过一个关于狼王的故事。

他为了保护人类不受狼的侵袭，竟然把自己扮成狼，打入狼的大本营。他和狼同吃同住，学狼一样号叫。由于狼的伤口有自愈能力，他也只好受了伤不去治疗。渐渐地，狼都开始认定他是狼，推举他为狼王。他了解了狼，便用抵御性的嚎叫防止狼群对农场家畜和人类发动袭击，同时也避免了狼群被大量的捕杀。

可想而知，这个狼王若不是对世界满怀关爱，他决不会冒着生命危险去靠近狼、研究狼，最终成功地控制狼群。

我们都应该对世界充满爱，爱是我们走向世界最好的桥梁。当然，我们不仅要对周遭的人传递满满的关爱，也应该对那些可爱的动物和植物传递爱。爱是最美好的语言，爱是最幸福的声音，爱是我们割舍不掉的情怀。

下面说一个禅的故事。

小沙弥外出，去了一趟省图书馆，翻阅了很多佛教和社科类图书。

回到禅寺，小沙弥很兴奋地对老禅师说："在我阅读的书籍中，发现植物其实也是有痛感的。当植物受到不同程度的伤害，也会像动物或人类一样难受，甚至会痛得留下酸楚的泪水。"

没想到，老禅师对小沙弥的"发现"并不惊讶，只是淡淡地说："其实，不需要书籍的佐证，我们也应明白植物有痛感，那不过是一种生命的本能。人类无情摧残鲜活的植物，和人类杀戮无辜的小动物，罪过其实没有两样。"

小沙弥仿佛得到了开悟，说："师父，我明白了，不杀生，其实是包括不杀一切有生命的事物——人、动物或植物。下次，我去山顶拾柴时，一定不会砍松树的枝条，要拣也只拣被积雪压断的枝条。"

老禅师笑着说："只要把植物的痛感当作是人自身的痛感，很多伤害自然就没了机会。"

所以说，一个有爱心的人，不仅是爱身边的人，更要爱身边的一虫一鸟，爱身边的一草一木。虫鸟有感，草木有情，每一份被传递的关爱，都会默默被记取。

把他人和世界装进心底

没有谁可以一个人打天下，我们需要借助亲友、上下级甚至陌生人的力量，最终才能实现自己人生的嬗变。

我曾经在一家日用品公司担任销售员，由于公司处于刚刚起步的阶段，市场部并没有对销售员进行划区管理。不过，销售员之间形成了一定的默契——不到别人的地盘抢业务。

后来，公司来了个新业务员杨庭，据说在别的公司干得风生水起，但不知道因为什么辞了职。

杨庭一来就坏了规矩——想去哪里销售就去哪里销售，甚至常常前后脚和同事拜访同一个客户。很快，杨庭的业务量就上去了，提成拿得比谁都高，自然也把公司的其他销售员都得罪了，成了公司里地地道道的孤家寡人。后来，有客户向公司王总投诉："老王，你们的销售员打车轮战，实在有强买强卖的味道。我还是喜欢像以前那样，你买我卖都轻松无压力的好。"如此一来，杨庭爱跨区的毛病被王总知道。王总不仅批评了杨庭不讲规矩，没有团队意识，而且随后就白纸黑字规定施行分区销售。

很快，杨庭在前面一家公司离职的原因也被大家知晓了。

他之所以离开不是因为销售业绩差——他的销售业绩在公司二十几个销售员中总是排在前五名内。可是，他常常以自我为中心，不听从市场部安排，跟同事甚至客户发生过许多摩擦，在公司内外产生了极坏的影响。他是被那家公司老板辞退的。

不管是在生活中，还是在工作中，一个人赢根本不算赢，只有整体和谐共进，才是真正的赢。

一个成功者，一个受欢迎的人，都是把他人和世界装进自己心底的人，这样的人也才会收获快乐和成绩。

关照世界，关照自己

去年，我和作协组织的笔会团到某风景点去观光采风。该风景点是作协的创作基地，每年都会给作协一定人次的采风机会，落地后的所有费用都由景区承担。

那次，一些参加观光采风的作家私下说："笔会团来采一次风，景区最起码要花费好几万，景区老板真是够大手笔的。"

在景区老板敬酒的环节，有人就把这个问题抛了出来："老板大人，你这么关照这些作家，花钱的时候会不会心疼呢？"

景区老板笑着说："关照作家是理所应当的事情，而且咱们的作家来吃好玩好了，回去写出好文章对外宣传，这也是对咱们景区的关照。你大概不知道，作协主席某一次采风后写的一篇文章，在网络上引起了巨大的反响，不仅使省城和省内其他地市的游客蜂拥而至，也把附近好几个省份的游客吸引来了。你想想看，我对作家们的关照，是不是相当于对我们自己的关照？”景区老板一番话，让提问的作家连连点头，并且拍胸脯保证：“回去后，我一定为景区写一篇好文章。”

我们在那个风景点观摩了设在景区内的拍摄基地。

拍摄基地是属于某古装电视剧剧组的，剧组离开后，拍摄搭建的设施留给了景区。景区的导游给我们讲了拍摄中的许多趣事，而有一件事却特别吸引了我。原来，当初剧组是悄悄进驻景区的，原本只是将这里当作很小的一个取景点。后来，景区老板得知此事后，主动和导演联系，承诺全力配合剧组拍摄，而且剧组在景区的吃住行都由景区埋单。导演一高兴，决定增加在景区的拍摄取景，同时增加了搭建设施，并且要求都是高质量高水准的。

后来，剧组顺利地完成了在景区的拍摄，而在景区搭建的设施也留给了景区，以表示对景区支持剧组拍摄工作的感谢。随着电视剧的热播，景区的知名度大大提升。

现实生活中，有很多人常常不愿意付出，不愿意帮助周遭的人，更不愿意关照和自己不熟的人。其实，整个世界都需要我们的关照，对世界，对身边的人，对每一个陌生人的关照，都是我们投向世界的一缕光芒。而世界就好像一面镜子，总有一些光会折射到我们身上，温暖我们的心房。

我认识的一位作家，他也是一位非常热忱的慈善家。每当在媒体看到有人需要捐助的信息，他就不仅第一时间捐款捐物，同时还采取措施向外界大声疾呼，希望更多的人来向需要捐助的人奉献爱心。看着他为许多有需要捐助的人跑前跑后，在网络上顶着非议鼓动大家伸出援手，我们发自内心地支持和钦佩他。

偶尔聊到他为什么爱慈善，他平静地说：“我们这个世界需要爱的互动，‘一方有难，八方支援’不能沦为一句空洞的口号，而应该是全社会的共识。我们去帮助有需要的人，等自己有需要的时候，也不难得到他人的帮助。这是爱心的循环。”

数年之后，这位作家的夫人不幸患上白血病，他帮助过的人纷纷主动帮他募集救治费用。短短五天时间，线上线下就募集到 60 万元的治疗费用。

一个对世界释放善意的人得到了最好的回馈。

如果世界是一个发光体，我们每个个体也是一个发光体，那么我们必将拥有最绚烂无比的现在和未来。因为我们关照自己，发散光芒，世界也将得到关照，必然光芒万丈。

活出
你的诗意人生

第十章

Chapter

当时光掠过，我们终于走过了千山万水，也看尽了世间的悲欢离合、阴晴圆缺。回首往事，除了一路上的跌跌撞撞，流过的泪，吃过的苦，必定还有属于自己的精彩。活出属于你的精彩，是人生最恣意的张扬，也是最高调的幸福，最后汇进汹涌的时光长河，成为一生最珍贵的回忆。

在薄情的世界里深情地活着

高中同学聚会时，我愕然得知，婉婷竟然还是单身，也丝毫没有结婚的迹象。婉婷可不是十七八岁的女孩，也不是二十七八岁的剩女，她本来跟我们一样，应该享受爱人的呵护，还有儿女的环绕。可是，时光荏苒，婉婷还是单身的婉婷。

那个故事，我们都还记得，婉婷和班长大俊曾经是一对，爱得疯狂又痴缠。当然，谁都看得出来，婉婷更爱大俊一些，为了大俊她什么都愿意做。而大俊显然没那么投入，对婉婷不是很体贴，偶尔还和别的女生暧昧不清。就算是和婉婷在一起，大俊也总是一副很冷酷的模样，仿佛婉婷不是他的女朋友，而是他的累赘。

念大学了，婉婷和大俊去了不同的院校，一个在最北的城市，一个在最南的城市。婉婷一有时间就去看大俊，而大俊闲的话就陪婉婷一起逛街吃饭看电影，忙的话就把婉婷“晾”在学校边上的招待所。

大俊没去看过婉婷，总说太忙走不开，等不忙的时候一定去。这一等就是四年。大学期间只有婉婷像候鸟般飞来飞去。

说起来，大俊家的经济条件其实还不错，可是他总说钱不够花，在电话里老是对婉婷叫穷。最初，婉婷将自己花不完的生活费寄给大俊。后来，婉婷节衣缩食寄钱给大俊花。再后来，婉婷开始兼职打工寄钱给大俊花。婉婷要学习又要兼职很辛苦，而且还为大俊流掉两个来得不是时候的孩子，大俊却并没有更疼婉婷。婉婷不是机器人，她也有累的时候，但是她从来不跟我们说，顶多在QQ空间留下几句模棱两可的感慨。

大学毕业，婉婷没有顺利地找到工作，再也没有“接济”大俊的能力。大俊叫穷时，婉婷只是说：“亲爱的，我忙着找工作，最近也没有钱。”次数多了，大俊不再给婉婷打电话，而且婉婷给他打电话他也不接。婉婷只好发短信跟大俊保持联系。后来，大俊“甩”回来一句短信：“你好烦！”

很久以后，婉婷才知道，大俊在大学毕业那年就交了新的女朋友。得知这一切，婉婷流了很久很久的泪水。

很多年，我们并没有婉婷的确切消息，偶尔聊的也只是道听途说的消息，直到这次同学聚会才重新见面。我小心翼翼问："婉婷，受过一次伤，难道就不再相信爱情了？"婉婷笑着说："爱情永远都是美好、值得期待的。曾经受过的伤不会击倒我，只是让我明白世界确实有薄情的一面，但是我愿意继续深情地活着。"

接着，婉婷告诉我："其实，我现在有一个小我10岁的男友，他对我万般宠溺和疼爱，像对待一个小公主。而我也很爱他，像姐姐一样包容他，像妹妹一样崇拜他，更像一个恋人依赖他。世界再薄情我也不愿意薄情，我愿意用我的深情去守护值得我守护的人。"

的确，我们周遭的环境并不总像期望的那般美好，我们会遇到很多可爱和善良的人，也会遇到一些居心叵测的人。当我们经历伤害、遭遇薄情后，也应不舍深情，继续从容地生活。不管我们到什么年纪，不管经历多少薄情，最后都愿意深情以待，这是幸福的事情。

写作这些年，我遇到过几个心胸狭窄的文友，他们不仅艳羡别人获得的一些成绩，还在背后做一些造谣中伤的事情。有一次，我也不幸中了招，他们的小动作给我带来数万元的经济损失，让我开始怀疑文友之间是否有真感情。

冷静下来后，我告诉自己："世界不仅仅有薄情的一面，只要用心地对待每一个人，总会收获友谊绽放的花朵。"于是，我继续和文友们交流，将自己的心得和资源无私奉献。

事实证明，我的选择是对的，薄情的文友只是极少数，更多的文友还是单纯的。

以心换心，看上去好像是很天真的做法，但是用真情换真情，用深情换深情，这便是最受益的生活法则。只要我们愿意在经历了薄情之后，依旧选择一往情深，岁月也一定会带来我们期待的美好，而我们自己也会得到最好的回报。

罗曼·罗兰说过，世界上只有一种真正的英雄主义，那就是在认清生活真相之后依然热爱生活。我想，这是对"在薄情的世界里深情地活着"最好的注解。

对现实充满心动的感觉

每年三月中下旬，武汉大学的樱园樱花开放，雪白的、绯色的樱花在枝头绽放。樱花开放时节，许多省外的游客蜂拥而至，以湖南和广东的游客居多。我有几个广东的朋友，一连几年都北上来看樱花，就算每次拖家带口，花费不菲，也乐此不疲。

说到我自己，每到樱花季，我也总会去武大走走看看。有些朋友不解地问："年年花相似，你又何必一次又一次去赏花？同样的花看过无数次，还有趣味吗？"我笑着说："今年的樱花怎么会是去年的那朵？每一次和樱花的亲密接触我都会有新的心动，所获得的快乐和满足总是前所未有的。"

熟悉的城市，熟悉的景区，很多人都不愿意再去第二次，武断地认为那里不会有新的故事，更不会有新的惊喜。殊不知，只要我们愿意尝试，愿意接近，总能在老地方找到新的发现，新的感觉。

这让我想到自己还在彩扩店工作的时候，我们每天大概要冲洗几十个胶卷，每个胶卷可以冲洗出 35 ～ 41 张照片，每天可以冲洗数以千计的照片。这也代表着，我们每天可以接触几千张照片。我们一方面关注照片上的内容，偶尔随意借题发挥聊一聊；一方面我们也会关注照片冲洗质量，琢磨着下一次怎样做到最好。

时间久了，我的同事开始倦怠了，对工作产生了抵触的情绪。有同事就说了：“干一行怨一行，一直热爱自己的行业，本来就是一件非常难的事情。”我不参与他们的讨论，而是该干活时就好好地干活，闲了不是翻看冲洗的照片，就是看跟彩扩和摄影有关的专业书籍。同事总是说我：“工作虐你千百遍，你待工作如初恋。”我也只是笑笑。我对工作真的热爱如初。

店里有几个老顾客是省摄影家协会的会员，在国内的许多大型比赛中获过奖。他们对照片冲洗的要求格外高，不仅每次都要求立等可取，而且常常将冲洗出来的照片定为废片。老板对彩扩员的废片率是有规定的，超过一定比例，彩扩员不仅要购买自己“制造”的废片，还要被扣奖金。所以有的同事见这几个老顾客上门，能回避就回避。我却对冲洗他们的照片很有兴趣，他们来的时候我总是热情接待。冲洗照片之前，我反复确认他们对照片的要求，特别是一些专业人士的特别要求，比如对曝光量的加或减，我总是一再地确定。其实，专业人士的冲洗要求，只要加强沟通也能较好地满足，纵使偶尔废片，也能控制在废片率之内。而且说实话，比起冲洗那些千篇一律的各种合影留念，摄影家的作品更有吸引力，更有艺术感化力。久而久之，不仅我的彩扩技术提高了，我的审美能力和拍摄技巧也有了进步。

平心而论，不管是生活还是工作，慢慢地，我们的热情都容易消退，心底再难掀起涟漪，产生得过且过的想法。要避免出现这种情况，要做一个对生活和工作始终充满热情的人，首先就要对生活和工作怀有一种心动的感觉。因为心动才会行动，心动是所有行动的力量源泉。

我们周围，有一些人一不小心患上了抑郁症，可能是因为这样那样的原因。但我要说的是，生活从来都是有压力的，排解压力也有各种方法。而要将压力扼杀在萌芽状态，需要的是始终保持一份对现实心动的感觉，面对我们打交道的人始终有热情，面对我们的生活和工作，始终快乐从容投入。

活出属于你的精彩

我认识安的时候，他还是个大一的男生。大一的男生多半爱上网包夜，或者在新生妹子里物色恋爱的对象，胆子大一点儿的会勇敢追求师姐。安很少去泡网吧，也不见他和某位妹子如胶似漆，他总是独来独往。后来，安告诉我他做了某产品的代理，学校里很多学生都是他的客户。有几次，安给我看他的支付宝，余额是一笔很不小的数目。安很骄傲地跟我说："勇哥，虽然我的家境不错，但是我不想要父母再寄生活费。"我很疑惑地问他："你才大一，明明可以好好享受象牙塔生活，为什么要把自己弄得那么累？"安摆摆手说："这是我想要的人生，我一点儿都不觉得累，反而全身上下都充满力量。"

大二到大四，安一直都不肯停歇自己创业的步伐，他和朋友合伙的生意越做越大。有时候，安喝了点儿酒，就会兴奋地说："我现在赚的钱比教授还多。等25岁的时候，我要买别墅，买豪车，好好犒劳一下自己。"

很多年轻人25岁还在求职，没准遭遇的是四处碰壁的局面，而安却设定了自己圆梦的时间。安比大部分男生都显得成熟，看问题比多数人都深刻，虽然偶尔会跟校园生活有一点点脱节，但他通过网络签名表明人生感悟——"我就是我，是颜色不一样的烟火"。

的确，我们不需要和别人活得一样。安的精彩不仅来源于他的创业成功，更因为他骄傲和倔强地选择走自己的路。

我们不必在意别人的看法，活出属于自己的精彩最重要。

这么多年，我发表过很多文章，也出版了几本销量不错的书。在我看来，写作是一件非常开心的事情，我渴望发表更多的文章，出版更多的著作。可是，总有人在我耳边说："哥们儿，你写的那些算不上纯文学作品，我劝你还是给《人民文学》和《收获》投稿来证明自己。"我知道，很多人为了纯文学奉献一生，有的人甚至潦倒一生也不后悔。我钦佩他们。可是，也有许多坚守纯文学阵地的朋友认同我的选择，高兴我取得的这些成绩，甚至认为我的文字世界更精彩。

我想说的是，成功从来是没有一定之规的，别人憧憬的成功或许非你所求，而你追逐的成功别人也可能毫不在意。只要我们追逐自己想要的生活，从“心”出发的坚定远胜于重新出发的勇敢。活出属于你的精彩，这份精彩只需要自己认可，只需要自己的心呼应，便已足够。

没人能替你阅尽千山万水

说起来有些遗憾，这些年我在全国各地几乎每个城市的报纸都发表过或多或少的文章，可是文字抵达的地方我的脚步却不曾抵达。和许多人一样，我的梦想是走遍千山万水，看尽祖国大好河山的每一处风景。可是，梦想总在原地打转，未能开花结果。

我有一帮朋友，每年都会去几个国家或者国内的一些城市旅游。每次，他们去一个国家，传回异域风情的照片，或者讲述在当地的美妙体验，我看过、听过以后都会心生羡慕。朋友们总是打趣道:“让你周游列国你不来，人生不仅有工作和写作，还有美丽的诗和远方啊！”我只能默默告诉自己，下一次出国我一定一起去，我还是没出过国门的人呢。

而当朋友们发回国内旅游的照片时，我总是自我安慰说：“这些地方虽然我没有去过，但是我的文字却早就替我去过了。”

有一次，朋友在四川宜宾游玩，我笑着说：“宜宾我是真的没去过，但是《宜宾晚报》发表过我好多豆腐块。”这回，朋友直言相告：“在作品发表这一块，我还真没有理由挑你的刺。但是，哥们儿，没人能替你阅尽千山万水，外面的世界很精彩，而只有亲临其境才能感受所有的美好。”

于是，当朋友们再分享旅游体验时，我不再说自己何年何月在他们的目的地发表过作品，而是开始憧憬跟他们一样亲临其境。

要说无法和朋友同行的原因，无非是两点：第一是有了时间没有钱，第二是有了钱没了时间。可是，仔细想来，难道真的没有旅游需要的几千元或一两万元，或者真的忙得挤不出几天的时间来？其实不然，我还真不至于掏不出那点儿钱，也不至于忙得抽不出几天时间来。说到底，我还是缺乏出发的热情和勇气，对于当前的生活太容易接纳和满足。

读万卷书，行千里路。我的朋友方益松，曾经是某连锁超市的经营者，业余时间创作了大量的文学作品，还出版了散文集《梦想的寒，成功的暖》。可是，他心底却装着一个旅游的梦：他要用自己的脚走遍祖国的大江南北，再用自己的镜头和笔记录沿途的美好。一山一水地走，一城一池地看，他的梦想慢慢地实现了。

现在，他成了新浪旅游微博大V，每年有很多机会参加旅游达人的活动。为了更好地参与旅游、推广旅游，他甚至关停了超市，减少了文学创作，全身心投入旅游中。有一次，我问他在旅游事业上获得成功的感悟，他笑着说："和经营任何事业一样，所有路都需要自己去走，所有的风景都需要自己去看。"

当然，每个人的志向都不一样，并不是谁都想成为旅行家，我也不想把旅游当作事业来做。可是，我想做的就是去更多的地方走一走、看一看，让更多城市成为不仅是我文字抵达的地方，更是我脚步也可以抵达的地方。

于是，我开始参加朋友们的旅行团。以前，每当有笔会活动时，我总是能躲就躲。慢慢地，我不再说"不"，更愿意和作家、艺术家去采风或交流。

本以为笔会是很无聊的事情，本以为远处的风景不过尔尔，但是当我置身其中，我才发现笔会是一个吸收养分的好平台，而远处的风景也有说不完的精彩。

慢慢地，我去过了很多地方，看过了很多风景，见过了很多不一样的人……我知道所有的旅程都不是白白走过的，千山万水不仅留在我的镜头里，也成为我人生中抹不去的印迹。当然，我还有很多地方想去，有原始的山村部落，有繁华的国际大都会，有风景绚丽的湿地公园，有高耸云天的名山大川……人生永远都应该在路上，或许行走就是我们的姿态，直到看尽人间的一切繁华和美好。

人生就是这样，有太多太多过程需要自己参与，有太多太多风景需要自己去看，没有谁可以为我们走一遍人生，哪怕是最轻松的看山看水，也是没有人可以代劳的。而当我们最终千山万水看过，自然会拥有人生的诗意和美好。

你是唯一

有一次校园征文比赛，我拿到了三等奖的名次。不想当元帅的士兵不是好士兵，不想拿一等奖的参赛者也不是好参赛者，我对三等奖的名次不满意。我在心底问自己：“为什么一等奖不是我？难道我比一等奖差很多？”

征文组一位老师看出我的异样，问：“有名次，有奖金，你为何还是情绪不振的样子？”我实话实说：“可惜，一等奖不是我，这可是我倾尽全力创作的一首诗。”那位老师笑着说：“评奖这种事，本来就有非常大的偶然性。而你是唯一凭诗歌获奖的参赛者，难道不是一件特别值得开心的事情吗？”听老师这么一说，我郁闷的情绪顿时烟消云散，反而有了满满的幸福感。

“第一”，当然是很多人梦寐以求的名次，可是，“第一”常常有，“唯一”却并不是常常见，因为比起“第一”的荣耀，“唯一”其实更有潜力和魅力。

大家都知道一个故事：当世界各地的淘金者都涌到美国淘金时，最后赚得盆满钵满的却是在金矿边卖水卖盒饭的人。这个人或许不是第一个抵达淘金现场的人，但是他选择做第一个卖水卖盒饭的人，而不是继续跟大家一起找金子，最终奠定了他成功的基础。

在职场，很多人都想做NO.1，希望自己是最有才能的那一个，结果就陷入了你争我斗的“战争”。比如，我还在彩扩店上班时，大家都觊觎“首席彩扩师”这个名号。其实，“首席彩扩师”只是个很虚的称谓，不加工资也不加奖金，只是说起来好听一点儿。大家都在争这个虚衔，原本亲密无间的关系也变得疏远，个个都铆足劲表现自己。

我却无意卷入竞争，因为我知道，就算自己再优秀，也只是一名平凡的彩扩员——店里技术人员的N分之一。

后来，我开始潜心摄影，一有时间就去拍风景、拍人像，摄影技术日渐提高。

随着彩扩业务的锐减，摄影需求的高涨，我作为店里唯一的摄影师，自然获得了老板的重用和客户的青睐。

比起“第一”，“唯一”的好处是不可取代，这会让我们在竞争中占得先机。

我曾经追求一个漂亮的女孩，当时女孩身边的追求者多到数都数不清——有房有车的有，有权有势的有，一表人才的有……可以说，要是论追求者的条件，我别说排名第一，估计排名前十都没戏。我能做的就是每天给女孩写一首情诗，每个字都是我真挚的心声，每个词都是我浓浓的情意。或许因为我是唯一用文字去示爱的人，女孩不去理会那些成功人士的爱情攻势，反而选择了别出心裁的我。

我们会遇到很多人，不管关系的走向是恋人，还是普普通通的朋友，最能打动我们心灵的，除了一份不可或缺的真诚，就是那份独一无二的魅力。

最近看了一本书，作者的观点是：我们还年轻，不够好又有什么关系？！说起来，我们就是那个不够好的年轻人，就算离优秀还差那么一点点距离，但是我们却是唯一的自己。

有时候，我们并不刻意做什么，只要把自己当唯一，只要珍视真实的自己，我们便能最终绽放成最绚烂的风景。

一切幸福水到渠成

人生就像是奇妙的旅程，一路风雨一路歌，前方就像次第展开的画卷。

说一段我的人生故事。

10 年之前，我还在武汉市中心生活，远郊庙山乃至江夏都是很遥远的地方——当时我以为那是自己永远都不会抵达的远方。

2007 年，机缘巧合之下，我阔别生活 12 年的市中心，来到了庙山开启新的人生阶段。

我住在一个叫普安新村的地方，心底还是割舍不掉对光谷的牵挂，时不时会乘坐 9 字头的郊线车回去。在这来来回回之间，我留意到路途中一个叫梅南山的山，还有山下的那个小区和那所高校。

“梅南”“梅南”……这两个字，在我的心头萦绕了多少回。这是多么神秘，又是多么美好的两个字，简直就像我无法企及的梦。或许，就像生命里的许多美好，总是可望而不可即，却依旧在心底闪耀。

后来，女儿来到梅南山下的小区念幼儿园，幼儿园偶尔会租山下的武昌理工学院的场地办亲子运动会或演出。再后来，我买了梅南山居的房子，做了武昌理工学院的邻居。我就像走进大观园的刘姥姥，深深地被梅南山的一切吸引。

有一回，我受邀参加梅南文学社《始末》第九期杂志发刊仪式暨高校文学交流会。会场就在梅南山顶的商学院大舞台。“一览众山小”的美妙油然而生，远处错落有致的楼宇和别墅，近处的湖光山色和呼啸来去的城铁，都通通收入眼底。

而在大舞台上，开幕致辞的我是紧张的，那份紧张又有一份小小的成就感。因为文学而被关注、被尊重、享受礼遇，曾经是想都不敢想的事。可是，在梅南，所有不可思议的事情，神奇般变成了现实。

一步一步到梅南，这是人生不可预料的轨迹，这又是时光不可逆转的方向。我和梅南山，山下的小区与高校，还有梅南文学社以及《始末》，从遥遥相对，擦肩而过，再到最后的抵达，像是一部跌宕起伏的编年史，又像是一个瓜熟蒂落的自然过程。

我不得不说的是，文学如人生，需要奋斗和追索。最初，我跟文学的距离，就像我跟梅南的距离，仿佛一辈子都无法抵达。为了文学，我曾经一次次挑灯夜战，为了文学我也曾被误解和冷落，但是我从来没有想过放弃。

人生没有捷径，文学也没有捷径，所有的艰难的过程就像一朵花绽放的过程。然而，我走向梅南的步伐又是自然而从容的，追求文学梦的过程也是自然而从容的。这说明，当我们努力了，当我们倾尽全力了，圆梦也是水到渠成的事情。

坦白说，我不知道我的文学路会走向何方，更不敢想象未来能创作多少本书。但是，心底还是有一个信念——美好的梦想都值得坚守，穿越时光总能收获沉甸甸的人生。

生活中，最有魅力的人并不是那些获得耀眼成绩的成功者，而是为了梦想全力以赴的人。

我有个同乡在街角开了间仙桃锅盔的小铺子，每天起早贪黑地做着各种馅料的锅盔。锅盔的味道着实很不错，但是小铺子的生意却时好时坏。忙的时候，同乡和小伙伴忙得不停手，但是从来都不见他喊累；闲的时候，他就捧着长篇小说看，还买了余秀华的几本诗集来读。

有几次，我见他的小铺子门可罗雀，就问："生意这么淡，你不发愁吗？"同乡笑着说："你来的时间正是闲时，生活不就是闲一阵忙一阵？太着急幸福也不会很快到来。"

看着他的眼睛散发光芒，我知道属于他的幸福早晚会来。

生活不会亏待积极努力的人，只要我们持续努力不放弃，一切幸福必将水到渠成。

你配得上所有的美好

有那么几年，我每天都在报纸副刊发表稿件，文友们对我的发稿量多露出艳羡之色。有时候，文友们便向我讨教发稿的秘籍："你每天都能发表那么多稿件，到底是怎么做到的？"我总是实话实说："你们聊天时我在写作，你们喝下午茶时我在写作，你们在看综艺节目时我还在写作。要说我发稿为什么多，无非是写得比别人多，花的时间也比别人多。"

可是，文友们更关注的是我的发稿量，并没有马上提高创作量的想法。当我的发稿越来越多，而他们依旧不温不火时，他们又忍不住问相同的问题。

于是，我直言不讳："其实，我们的文笔都差不多，你们好多人还比我写得好。可是，创作这种事，真的离不开勤奋。”接着，我报出了自己一周的创作量，他们听到那个数字直吐舌头，从此再也不向我抱怨自己发稿少。

后来，我发表的文字越来越多，散文集一本接一本出版。有一次，我在一个长期潜水的群里听到如下一段对话。

文友甲说：“路勇这小子，这些年发稿和出书，收获了不少的成绩，真是让人羡慕嫉妒恨。”

文友乙说：“成功的人多保守，真想知道他成功的奥秘。”

文友丙说：“这世界，其实并没太多奇迹，在春天播种的人，在秋天收获，勤奋的人才能摘取胜利的果实。”

文友丁，也是群里的群主，说：“只要我们肯像他一样努力，我们的明天都会越来越好，因为勤奋的我们配得上所有的美好。”

我有个文友，十多年前，就开始在大大小小的剧组跑龙套，不是穿上脏兮兮的衣服扮死尸，就是混在群众演员里做不露脸的演出。那些年，他每天都在电影制片厂门口蹲守，后来又去了横店影视城候着，只要有活他都抢着接，从来不在意报酬。没活的时候，他就远远地看主演的戏。主演的一颦一笑他都在琢磨，甚至偷偷在一边操练开来。有时候，他还会帮剧组抬下道具，或者给明星打扇子送风。这些都是没有报酬的，管饭师傅心情好才会“赏”他个盒饭。可是，他仍然乐此不疲。他常常跟我们说：“就像文友们坚持写作就会有成功的希望，而我还站在影视圈的边上，就不会失去圆梦的希望。”

渐渐地，他参演的机会越来越多。于是，我们时不时能在影视剧里看到他：有时候是几秒钟的特写或远景，有时候会有一长串出彩的对话。影视作品里的他，有时候很严肃，有时候又很逗趣，但是我们知道他很努力，对梦想的热情从未降温。

他的努力坚持打动了许多影视圈的人。他开始有机会演男三号、男二号，获得更多上镜的时间。后来，由他担任主演的网络大电影上映，这是他第一次在影视作品中演男一号。首映后的庆功宴，他请了很多朋友去捧场，自然也有我们的文友代表。导演送给他的那句话让我记忆深刻：“我知道你要感谢很多人，但是你最应该感谢的是你自己。你努力过，奋斗过，一直坚持，所以你配得上所有的美好。”

你的世界需要自己关照，关照自己并不是做偷懒派，放弃对生活和梦想的追逐，而是追随自己的内心，做自己想做的事情，过自己想过的日子。当我们付出了所有，当我们与自己的心相伴远行，收获人生的一段丰盈，最终就能骄傲地告诉自己：这一切的美好都值得我拥有，我配得上这样的美好。